愛内なの
nano aiuchi
イラスト 成瀬守
ログインボーナスだけで生きるご隠居ライフ
KiNG novels

マニアなソードマスター
スパーダ・カヴァルカンテ
回復魔法で助けるクレリック
ナタリア・アブレイユ

最強ボーナス魔剣少女
シャルラハロート・クライス
お気楽生活を望む青年
樽井貴英

「ずっとあなたを待ってました。
わたしの――ご主人様」
驚くほど抵抗なくその剣は岩から引き抜けた。
途端、剣は緋色の刀身を発光させ、細かな粒子となって手から消える。
惜しむ間もなくその粒子は集まり、少女の姿を象った。
流れる緋の髪に、人形のように整った顔。
白磁の美少女は笑顔を浮かべ、竪琴より澄んだ声で言った。

ログインボーナスだけで生きるご隠居ライフ

～オンゲーでスローライフを送るコツを見つけた！～

愛内なの
illust：成瀬守

KiNG novels

contents

プロローグ　異世界に強制ログイン！

死んだな。

逆さになった信号機が、赤い目で俺をせせら笑う。普段は天高く伸びているビルたちが氷柱みたいに垂れ下がっているかと思えば、瞬く間にバグった秒針になって回る。

この間、わずか0.2秒。――こんなフレーズ使う機会があるとはな。

できればもっと穏当な場面がよかった。

適当に投げたペットボトルよりもくるくる回転しながら、俺の身体は車に撥ねられて宙を舞っていた。

ああ、人間ってほんとに、こんなにギャグマンガみたいな飛ばされ方するんだな。

これがギャグなら植木かビルにでも突き刺さって、次のコマでは復活できるのに。

おそらくは二十五年の人生最後の思考は、そんなくだらないものだった。

†　†　†

ようこそ！　樽《たる》井《い》貴英《たかひで》様！　初日ログインボーナス！
●専用魔剣　シャルラハロート・クライス
●スキル：収納ボックス

スタートダッシュボーナス一日目！

●冒険者基本セット

† † †

「うわっ！」

本名登録とか勘弁してくれ！

悪夢みたいなメッセージに思わず跳ね起きると、首がずきりと痛んだ。どうも寝違えたっぽいな、これは。だとすれば先程のメッセージが、本当にただの悪夢だったということだ。

専用魔剣とか絶対、超レアアイテムだからな。リセットなんてもったいなくてできない。名前変更可能なシステムか、最低でもせめて課金で変更できることを祈るしかなくなる。

「……って、どこだ、ここ」

見上げると、青々と生い茂った葉が陽光に照らされて黄緑に輝いている。

どこからか小鳥の鳴き声も聞こえて、とてものどかな森だ。

森の匂いってやつだろうか。爽やかな風が運んできたのは、芳香剤よりも透き通って、ちょっと土っぽくもある香りだった。

木の葉の揺れる音が、悪夢に驚いた心臓を落ち着かせる。

いるだけで癒されるような心地よい場所。森林浴って、本当に効果あるんだな。

日頃暮らしている真っ黒な都会から離れた場所で、ほっと息を吐く。

オーケー、こんないい場所、機会があればまた訪れたいくらいだ。だけど今は帰り道を教えてくれ。

「で、ここどこだ?」

いやいやいや。これどんな状況?

そもそも、俺はどこでなにをしてたんだっけ……?

寝起きの頭を働かせると、存外すぐに答えは見つかった。

思い出せる直近の記憶。

会社の帰り道、深夜一時過ぎ、点滅しかけた信号、突っ込んできた右折車に撥ね飛ばされた。

チープなスローモーションの中で、ギャグマンガみたいだな、と考えたのを覚えている。

当人の俺から見たって明らかに死んだと分かるような事故。

クソつまらない人生を、あそこで終えたはずだった。

ところが、俺の意識は続いている。しかも明らかに繋がりがおかしい状態で。

「考えられるのは二つだな」
1. あの事故で妥当に死んで、異世界に召喚された。
2. 奇跡的に助かったものの、なんらかの後遺症が残って記憶がバグっていた。
つまり、実は既にあの事故からそれなりの時間が経っていて、ここでいきなり記憶を取り戻した。

「まあ、2かな」

それも大分ぶっとんだ話だが、1よりは可能性が高いだろう。

いやいやいや。ちょっと待て。だけどそれってまずくないか？

自分の状況も把握できない俺が、ひとりで森の中？

完全に遭難じゃねえか。そもそもそんなあやふやな記憶じゃ、この意識だっていつまで持つか。

『貴英さん……』

「うおっ！」

だ、誰だ!?

名前を呼ばれて周囲を見渡すが、人の気配はない。でも、誰かが呼んでいる。女性の声だった。女の子、かもしれない。呼ばれるまま歩き出そうとしたが、ふと足を止める。声の主は本当に味方か？

こんな状況だ。声の主が誰なのか判断できない。相手は看護師なり施設の職員なりで、何の悪意もなく俺を探しているのか？　それとも事情があって、俺は彼女から逃げている最中なのか？

『貴英さん、こっちです』

何かメモが残ってないか、ポケットを探ってみる。なにも入ってない。前に見た記憶障害の男の話を思い出し、手の甲や腕、おなかの辺りを探してみるが、どこにもなにも書いていない。

ノーヒントだ。過去の自分使えなすぎだろ。

このまま森を逃げても、野垂れ死ぬだけ。だったら賭けてみるか。どうせ、死んだと思っていたんだし。声のするほうへ向けて、なるべく音を立てずに歩き出す。

たまに腰の辺りまである草を掻き分けながら、声のほうへ。慣れない山歩きは冒険みたいでちょっと楽しい。もういい歳だってのに、小学生みたいにワクワクしてる。

『貴英さん、聞こえてますか？』

声はもうかなり近い。逡巡して、俺は無言を通した。物陰から姿を見て、ヤバそうなら逃げよう。これまで以上に音を出さないよう気を使い、身を屈《かが》めながら進む。

しかし本当、こんな状況だってのにちっとも危機感が働かない。ステルスアクションゲームの主人公みたいな気分だ。状況が分からなすぎて何を恐れていいかも理解できてないんだろうな。

胸辺りまである茂み。そこに身を潜ませて、向こうを探る。

そこは木の傘が途切れており、遮られることのない陽光がスポットライトのように広場を照らしていた。大きめの岩が中央にあり、あとは踝に届くかどうかという草が生えている程度。乾いて黄色っぽい土も見えるほど、見通しはいい。

声はあの辺りからしていたのに、人の姿はない。

可能性があるとすればあの岩の裏側か、こちら同様、茂みに隠れているのか。

岩は二メートル程度。隠れるつもりなどなくても、裏側に立てばこちらからは見えない。

先に裏を確認してみるか。単に見当違いの方向に呼びかけていただけかもしれないし。

だが、その期待は裏切られる。それも二度。

まず、岩の裏には誰もいなかった。しかし、何もなかったわけではない。

嘘だろ？

思わず出しかけた言葉を飲み込む。その岩の中ほどには、大剣が刺さっていた。

実用的な剣としては異質。刀身は反り、揺らめく炎を思わせる。

装飾的でありながら、ただならぬ暴力性を感じさせる。

全長は百五十センチほど。刀身を炎と感じたのは、その剣全体が見事な緋色をしていたからだ。

およそ実用的とは言い難い、しかし儀礼用の気取りもない大剣。

自然と吸い寄せられていく。抗いがたい何かが、俺の足を動かしていた。

こんなもの、普通は森にあるはずがない。少なくとも、現代日本には。

「1のほうだったか……？」

もしかすると、ここは異世界なのかもしれない。それでもこんなにも惹かれる剣が、現実などにあるだろうか？

『貴英さん』

少女の声に導かれるまま、柄に手をかける。

驚くほど抵抗なくその剣は岩から引き抜けた。

途端、剣は緋色の刀身を発光させ、細かな粒子となって手から消える。

惜しむ間もなくその粒子は集まり、少女の姿を象った。

流れる緋の髪に、人形のように整った顔。

白磁の美少女は笑顔を浮かべ、竪琴より澄んだ声で言った。

「はじめまして、貴英さん。ずっとあなたを待ってました。わたしの——ご主人様」

第一章　魔剣の少女と異世界生活
一話　ログインボーナスは魔剣!?

ログインボーナスだけで生きるご隠居ライフ

――運命ってものが存在するなら、それは間違いなくこの瞬間だ。

そんな似合わないことを考えるほど、少女の姿は神秘的だった。

彼女は緋色の髪を揺らして近づいてくると、俺の手を両手で掴みこんだ。

小さく柔らかな女の子の手が、意外なほどの強さでぎゅっと握りしめてくる。

その表情は喜びと安心に満たされていて、見ているこちらまで前向きになれそうな気がした。

「わたしは魔剣シャルラハロート・クライス。あなたの刃です。あなたに仕え、あなたに侍《はべ》り、あなたに与《くみ》し、あなたに奉《ほう》じ、あなたに尽《つ》くす剣です」

まるでゲームのワンシーン。

雰囲気に呑まれて表情を引き締めてしまう。

だが、慣れない真顔を作りながら「ここは間違いなくイベントCGがあるはずだ」とか考えていた。

彼女と見つめ合う、時が止まったかのような――

「本物!?　本物ですよね!?　夢じゃないですよね？」

突然、少女が素っ頓狂な声を上げながら、ベタベタと俺の身体を撫で回した。一気に空気が崩れる。

先程までの神秘性はどこへやら。見た目よりも幼いそのふるまいで、こちらも一気に現実へ引き戻される。

美少女だから悪い気はしないし許すけど、いきなり人の身体に触れてくるってどういう了見だ？

「あの……」

「はいっ！」

想定より元気な声で返事をして、手の動きを止める少女。

彼女が誰なのかよくわからないし、そもそも剣から人に変わったように見えたし、日本人には見えないし、そのくせ言葉は普通に通じているし、わけのわからない事ばかりだ。

それでも悪いやつじゃない気がした。他に頼れる人間もいないしな。

「あの、ここがどこだかわかりますか？　その、町へ降りたいのですが……」

とにかく確かめないといけないことは山ほどある。そのためには町へ行くべきだ。こんな森の中じゃなにもわからない。

「わたしに敬語なんて使わないでください、貴英さん」

「ええっと……」

俺の名前を知っている？　最初からずっと呼ばれてはいたが、いざ見知らぬ少女に目の前で口にされると違和感が募る。

俺が事故で記憶がおかしいと仮定しても、彼女はおよそ看護師の類いに見えないのも大きいだろう。

シャル……なんだっけ、名乗ってくれたが長いし聞きなれない外国人の名前だから覚えきれなかった。

「ちょっと頭を打ったみたいで……俺の知り合いですか？」

情けない笑みを浮かべながら、探り探り尋ねてみる。

すると彼女は何かに気づいたかのように、頷いた。

「わたしは貴英さん専用の魔剣シャルラハロートです。長いのでシャルラって呼んでくださいねっ」

明るくそう言うと、そのままの軽いテンションで続けた。

「そうでした。まずは説明をしないといけませんね。ここはマイドガード。貴英さんの感覚で言うと異世界ということになりますね」

やっぱりそれか。

普通ならありえない話だし信じるわけないが、なにもかも滅茶苦茶なこの状況ではいっそ異世界だと言ってくれたほうが対処しやすくて助かる。

わけがわからなすぎてなげやりになっているだけの気もしたが、とりあえず聞いた話を受け入れようと思った。

「ようこそ、心躍る冒険の世界、マイドガードへ！　人とモンスター、そして魔族が暮らすこの世界は、古の――」

「おいちょっと待て。それ【ドラファン2】じゃねえか」

ドラファンというのはドラゴン・アンド・ファンタジーというオンラインゲーム。このゲームは学生時代に俺もやっていた有名作で、いわゆるよくあるMMORPGだ。

シャルラが読み上げていたのは、その宣伝文句だった。

「はい。おおむねそれで間違ってないです。違いはゲームじゃないのでログアウトできないのと、攻撃食らったら普通に痛いのと、死んだら復活できないのと、あとはシステム周りのインターフェースが不便なくらいですかね」

結構大事な部分が違うのだが、要はドラファン2の世界に転移したと思ってよさそうだ。今挙げられた違いは全部、彼女の言う通りゲームか現実かの違いにすぎない。

「それでも、ログインボーナスはあるんだな」

ログアウトできないくせに。

「はい。あ、普通の人にはもちろんそんなのありませんからね？　貴英さんが特別です。それとログインボーナスは、インしっぱなしでも時間になればもらえますから」

「ああ、あの三時とか四時に急に通知来るやつか」

どうして零時じゃないんだろうな。たまに零時切り替えのゲームもあるにはあるが、だいたい深夜だ。サーバーが空いてるからか？

「貴英さんのログインボーナスは日の出と同時ですね。それが一日の始まりって扱いなので」

「なるほど」

日本なら四時から七時くらいか？　結構ばらつきあるな。ドラファン2は日本のゲームってこともあり、基本的に季節や時刻は日本準拠だったはずだ。

頭を切り替えて、シャルラから細々とした説明を聞いていく。

初日ボーナスの収納ボックスは、そのままアイテムを入れておける空間らしい。念じれば出し入れ自由ということなので、冒険がぐっと楽になる。普通の人は荷持を持ち歩かなきゃいけないんだから、これだけでもある意味チートだ。

基本セットはよくある初期装備と少しのお金や回復アイテム、そして現実の冒険だということでテントや炭などのアウトドアセットだった。普通に便利だな。収納ボックスにしまっておけるので邪魔にならないし。

とりあえず入っていた簡素な革鎧を装備しておく。防御力5くらいしかなさそうだ。ステータスは見られないようなので、よくわからないが。

「なんていうか、適応するの早いですね」

「ん？　ああ、ここは駄々こねても仕方ない場面だしな」

もう転移はしてしまったのだから、受け入れて次のことを考えるべきだ。

使ったことないけど、剣も装備しておくか。

「待ってください！」

「なんだ？」

剣の装備を止めたシャルラは、しきりに自分を指差している。

剣が欲しいのかな？　まあ、俺が持っていても仕方ないしな。

「って違いますよっ！」

彼女は受け取った剣を地面に捨てた。

「わたし！　わたしが貴英さんの剣ですっ！　こんな初期剣よりも、よっぽど強いですよ！」

シャルラはそう言って誇らしげに胸を張った。顔の可愛さにばかり目を向けていたが、かなり胸も大きいんだな。

「って言われてもな」

岩から引き抜いた剣は確かに強そうだったが、シャルラと入れ替わりで消えてしまった。強力な剣よりも、こうして説明をしてくれて話し相手になってくれるシャルラのほうがありがたいから、結果としては助かっている。ひとりだとなにもわからなかったし、心細いからな。

とはいえ、このシャルラを武器として使うのは無理がある。

女の子は武器じゃない。……当たり前すぎて、逆に格言みたいだな。

そんなことを考えていると、茂みからガサッと音がする。

「貴英さん、モンスターですっ」

シャルラの言葉に合わせてか、茂みから子鬼のようなモンスターが三匹飛び出してきた。頭が赤っぽいから、レッドキャップとかその辺か。ゲーム通りだとすれば。

その見た目に思わず足がすくむ。ゲーム内では負けるはずない雑魚モンスターだと分かっていても、実際にやりあうとなると恐怖だ。

「わたしを使ってくださいっ」

言うやいなやシャルラの身体が発光し、粒子となって俺の手の中に流れ込んでくる。それはすぐに形を変え、岩に刺さっていた緋色の大剣へと変じた。

慣れれば片手でも扱えそうだが、緊張もあってしっかりと両手で握る。硬い柄の感触が手に伝わり、初めて手にする武器――凶器に心臓が激しく鼓動する。

不思議と重さは感じない。それに恐怖もなりを潜める。

「貴英さんとわたしなら、こんなのすぐですよ。やっちゃってください」

「剣から声するの、ちょっと気持ち悪いな」

「気持ち悪いとか、ひどいですっ！」

女の子姿のシャルラならきっと抗議の仕草も可愛いのだろうが、緋色の大剣から可愛い声が出てくるの、やっぱり不気味な気もする。

なんて考えているうちに、レッドキャップが襲いかかってきた。迎え撃つように剣を振るう。

「ひゃうんっ！」

相手の持つ斧と緋色の大剣が打ち合う——ことはなく、斧ごとレッドキャップを斬り裂いた。地面までも抉り、その威力を見せつける。

ん？　今なんか変な声しなかったか？

真っ二つになったレッドキャップより、大剣の切れ味よりも気になったのはシャルラの声だ。

「よっ、と！」

「んはぁっ！」

二体目のレッドキャップめがけて剣を横薙ぎに振るうと、また悩ましい声が響く。後ろの木ごとレッドキャップが切断された。残りは一体。緊張で滑りそうなので柄をしっかりと握り直す。

「んぁ、あぁっ……！」

どう聞いても女の子の嬌声なんですが。これ大丈夫なの？　なんかいろいろと。

「あの、静かにできませんか？」

思わず敬語で問いかけると、剣からシャルラの声が返ってくる。

「そんなこと言われても、んっ……貴英さんがわたしの弱いところを、あんぅっ！」

まてまてまて、ぇ？　これはどこを触ってるの？　俺は森の中で、彼女のどんな弱いところをしっかり鷲掴んで喘がせちゃってるの？

こっちがあたふたしているうちに、不利を悟ったレッドキャップが逃げていく。深追いする必要もないし、逃げる相手を斬るのはなんだか気が引けたので、そのまま放置した。

戦闘が終了すると、シャルラが粒子になって人の姿に戻る。

彼女はぺたんと女の子座りをして、傍に立つ俺を見上げている。

頬を桜に染め、息を乱している姿はとってもアウトな感じだった。

大きく呼吸するたびに、魅惑的な膨らみが揺れる。正直今すぐにでも襲いかかりたいくらい魅力的だ。

そんなことできないけど。

「はぁ、んっ！　どうですか、貴英さん。わたし、強いですよね!?」

「ああ……」

彼女の真っ直ぐな笑顔が眩しくて目をそらす。

魔剣シャルラ。間違いなく強いけど、いろいろと破壊力高すぎて使いにくいよ！

二話　テントを張る（意味深）

人の姿に戻ったシャルラと森を進んでいく。剣の姿のままじゃ、いろいろと問題あるしな。

「貴英さん、そろそろ日が沈むので、河原で休みましょう」

「ああ、そうだな」

ただでさえ不慣れな道行きだ。暗くなったらどんな危険があるかわからない。しかも、この辺りはモンスターだって出るのだし。

河原は周囲が開けていて、これならここで休めそうだ。

アウトドアなんて普段はしないから不安だったが、どうにかテントを張ることにも成功した。

「次は火を起こすか」

幸い、水は簡単に手に入る。基本セットの中には携帯食料も入っていたし、存外快適に過ごせそうだ。

基本セットの中に入っていた「まいぎり式」の火起こしセットを取り出す。流石にライターとはいかないようだ。

小学生の頃にやったっきりで、できるかどうか不安だったがやるしかない。

まずは焚き木《たぎ》と火口《ほくち》を用意する。火口は基本セットの中に入っていたものをほぐしただけだ。

そしてひきり板に本体をセットして、押し下げる。

巻きつけた糸によって錐の部分が回転し、摩擦を生じさせていく。

ぎゅっぎゅっと力を込めて動かした。パワー自体はそんなに必要なさそうだが、跳ねてしまわないようにきっちりと抑えて回転させるのが難しい。

しばらくかかりっきりになって動かしていると、徐々に煙が昇り始めた。でも、まだ火はついていない。

木同士をこすり合わせるギュッギュッという音が、少しずつ高くなっていく。

そしてついに、ひきり板のほうから煙が上がってきた。火種をそっと火口へと移し、息を吹きかける。ボッと一気に火が燃え上がる。

その火を焚き木へと入れると、安定した焚き火《たび》へと無事成長した。

ただ火を起こすだけなのに、結構苦労するものだな。

「水を汲んできましたっ」

こちらへ戻ってきたシャルラが、水を入れた鍋を網の上へと置いた。

前かがみになると大きな胸の谷間が強調されて、ついちらちらと目線を送ってしまう。

無邪気で無防備、幼いふるまいのシャルラだが見た目はそんなこともない。

顔立ちこそ可愛い系だが、足は細いながらも丸みを帯び、くびれはきゅっと締まって、胸は平均よりも大きいだろう。そんな彼女が自分のものになったのだ。まあ、魔剣だけどな。

「どうしたんですか？」

無邪気な問いかけに、軽く首をふって答える。焚き火を眺めながら、ぼんやりと考えた。

いきなり異世界に来てしまい、未だ町にもたどり着いていない。この先どうなるのか、どうやってこの世界で生きていくのか、なにもわからない。

それでも不思議と落ち着いていられる。

元の世界にあまり未練がなかったせいもあるだろう。この世界が慣れ親しんだゲームと近いということもあるだろう。

しかし一番は、明るいシャルラが一緒にいてくれるからだ。

少し抜けていたりズレていたり、ポンコツっぽいところもありそうだが、そういう部分含めてとても助かっているのだ。

……訂正しよう。無邪気さに苦しめられることもある。

明日に備えて早めに床についた俺たちだったが、テントは一つしかない。

そもそも本来ならこんな森の中では見張りを立てるべきなのだが、基本セットにはモンスターよけのアイテムが入っていた。

モンスターの嫌う音を出し続ける小さな水車なので、常に水が流れている場所でしか使えないものだが、幸いここは河原だ。何の問題もなく使用することができた。

モンスターの心配さえなければ、寝て体力を回復させたほうがいい。いわゆるＨＰはまったく減っていないが、スタミナはそうもいかない。半日の山歩きでそれなりにくたびれていた。

それなり、で済むだけ元々よりも体力は上がっているのかもしれないが、無限じゃない。

そんなわけで、俺とシャルラは同じテントで眠りについた。まではよかった。

「ん、ぅ……」

シャルラの唇から声が漏れる。

俺の隣で無防備に眠る少女。

ちらりと視線を向けると、仰向けになった彼女の大きな胸が上下している。

どうしても煩悩を刺激される姿から目をそらすため、俺は彼女に背を向けてテントの端を向いた。

「はぅ……んっ……」

「……っ!?」

寝返りを打ったらしい彼女がぴったりと寄り添ってくる。体温が背中に伝わり、身体が硬直してしまう。

「むにゃ、ん」

「っ!?　っ!?」

後ろから抱きつかれ、声にならない悲鳴を上げた。

抱きまくらだと思っているのか、彼女の手は俺のおなか辺りを抱え、足も絡みつかせてくる。

これだけ密着すると体温どころか、その大きな胸の柔らかさまでばっちり感じることができて、
つまり布二枚だけを隔てたおっぱいが――！

ふにふにと押し付けられる女の子の身体に、オスとして抗えない昂りが湧き上がる。

決して積極的なほうではない俺だが、そうはいってもこんな据え膳を看過できるほど老成しているつもりもない。いや、落ち着け。彼女は魔剣だ。見た目が女の子だからといって、興奮していい相手なのか？　それに今は異世界に来たばかり。盛《さか》ってる場合じゃない。もしかしたら彼女は、迫《せま》れば断らないかもしれない。だとしても、それはちゃんと落ち着いてからだ。

ただのヘタレに理屈をつけて、そのまま耐えきることにした。ここは我慢が正解だと言い聞かせる。

「んぃ……あっ、すみません」

ご褒美なのか拷問なのか分からない柔らかな感触に意識を奪われ続けていると、すぐ耳元から彼女の声がした。どうやら目を覚ましたらしい。

彼女の身体がすっ、と離れる。助かったような名残惜しいような複雑な気分。

離れた彼女が小声で話しかけてきた。

「そんなに端っこで丸くならないでください。ほら、もっとこっちに」

彼女の手が肩に添えられる。しかし、今端で丸まっているのには、やんごとなき男の事情というものがあったりなかったりして、鎮まるまで待っていただきたい。

「貴英さん」

思ったより強い力で引かれ、そのまま彼女へ向けて転がってしまう。

「あっ、ごめんなさい、強すぎました」

「いや、大丈夫」

大丈夫じゃなかった。

転がった俺はシャルラを抱きしめるような形になり、先程背中で感じていた温かさや柔らかさを今度は正面から受け止めることになった。

「んっ」

しかも軽く身動ぎするだけで、抵抗することなくこちらに身体を預けてきた。やはりこれは男として行くべきなのでは!? いや、俺の持ち物扱いだから抵抗しないだけなのかもしれない。

思い切って声を出すこともできず、かといって離れることもできないまま、俺は硬直して彼女を抱きしめ続けていた。

「あの、貴英さん、これ」

シャルラが足をもぞもぞと動かす。その太ももには切なく膨らんだオスの器官が押し付けられている。

「すまん、これは……」

言い訳できないほどハッキリと膨らんだそこに、彼女の手が伸びる。

「男性のここについても、ちゃんと聞いたことあります。それに……」

彼女は上目遣いに俺を見て、頬を桜色にしながら呟いた。

「ご主人様が戦いに集中できるようにするのも、魔剣の務め……ですから」

抵抗する意志すら溶かされ、彼女に身を任せることにした。

「ん、しょっと」

細い指がズボンにかかり、それを下ろしていく。脱がされるというのは、ただ裸でいるのとは別の恥ずかしさや興奮があるな。

「ごくっ……じゃあ、出しますね」

唾を飲み込んだシャルラが、俺のパンツに指をかけて下ろしていく。

「きゃっ」

飛び出してきた剛直に、驚いて身を引いていた。

「これが貴英さんの、なんですね」

右手で陰茎を握った彼女が、窺うようにこちらを見上げる。

その素直そうな表情と勃起竿を握っているというギャップがより劣情を掻き立てる。

「いろんな方法があるんですよね……」

考えるような仕草のあと、彼女は自分の服に手をかけた。

上半身だけ脱ぎ、そのたわわなおっぱいを外気に晒す。

ぶるんと柔らかそうに揺れる魅惑の果実に目が離せなくなる。

「貴英さん、ちらちら見てましたもんね。やっぱり、男性は大きな胸が好きなんですか？」

そう言いながら、両手で胸を持ち上げるように揺さぶる。

誘惑に抗えず視線を送り続けると、その乳房が俺の腰へと降りてきた。

「では、挟みますね」

柔肉が屹立を挟んで包み込んだ。

「貴英さんのこれ、とても熱いですね……んっ」

そう言いながら、両手で胸を寄せる。

包み込むような柔らかさがありながら、肌のハリと弾力とが予想以上に肉竿を圧迫してくる。まだ動いてもいないのに、気持ちよさで身体が震えた。

「このまま、胸を動かして……」

探り探りといった様子でシャルラが胸を揺らしていった。

柔らかな胸に包み込まれ、扱き上げられる快感はもちろん、美少女からパイズリを受けているという状況も興奮する。シャルラは一生懸命に勃起竿を気持ちよくしようと動いている。それを見下ろしているだけで出してしまえそうだ。

もちろん、そんなもったいないことはしない。彼女の胸をできる限り堪能するつもりだ。

「ふぅ、んっ……どうですか、ちゃんと気持ちよくなっていますか？」

こちらを見上げる彼女に、小さく頷いた。谷間から亀頭が顔をだしたり埋もれたりしている。

おっぱいは卑猥な形にひしゃげ、彼女の顔に興奮が浮かび上がってくる。

「はっ、ぁっ、ん……胸の中で、大きくなってきてます。どんどん激しくするといいんですよね？やっ、んっ！」

「シャルラっ……！」

彼女は力を込めて、大きく乳房を動かしていく。

弾む胸に翻弄される肉槍は、その摩擦にわずかな痛みを感じるほどだ。

だがそれ以上に快感が大きい。痛気持ちいい強引なパイズリに、新しい扉を開いてしまいそうだ。

乳房に包まれた竿が、弾む柔肉にもみくちゃにされていく。

「もっと、滑りをよくしますね」

そう言うと彼女は口を開いた。赤い舌先がちろりと現れる。

「んぁー、ん、ぇあー……」

舌先から垂れる唾液が、谷間の亀頭へと落ちていく。

するとニチュ、ネチュッ……という小さくもいやらしい水音がおっぱいから響き始めた。

「んっ、一気に動かしやすくなりました。これなら、ぁんっ！　もっといっぱい動かせますっ！」

これまで以上の速度でおっぱいがぶるぶると揺れる。そのたびに勃起竿がかき回され扱き上げられる。

そろそろ限界だ。気持ちよさが広がり、爆発しそうになる。

「シャルラ、そろそろ出るぞ……」

「射精ですね!?　このまま私の胸で気持ちよくなってってくださいっ」

両側から胸を寄せ、シャルラが追い込みをかけてきた。

「ぐっ……イクッ……！」

俺の陰茎から熱い精液が噴き出した。

「きゃっ！　あぅ……熱いのがビュクビュク出てますっ……」

胸から吹き上がった精液は、彼女の顔を汚していく。

濃い精液が綺麗な顔をどろどろにし、そのまま白い胸にこぼれ落ちる。

「これが射精なんですね……」

うっとりと呟くシャルラの声が、射精後の気だるい頭に響いた。

三話　異世界ファンタジーといえばとりあえずギルド

二日目ログインボーナス！
●黒晶石（大）
スタートダッシュボーナス二日目！
●スキルチケット×3

目覚めた瞬間、頭の中に通知が来る。すぐ慣れるんだろうけど、今はまだ変な感じだ。

アイテムボックスから、黒晶石（大）を取り出してみる。

掌《てのひら》サイズの鉱石で、名前のとおり透き通った黒をしている。ただ、大きいものの形は歪でゴツゴツしている。ここから削り出して使うのだろう。売って、金銭に換えるタイプのアイテムだな。

「なあ、これってやっぱり高いのか？」

「わぁ、綺麗ですね……。えっと、高そうですね、としか……すみません」

「いや、気にしなくていい。町に着けば分かるだろう」

もう片方のログインボーナスの見た目は、コンビニで買える電子マネーのチケットみたいだった。

「こっちはなにに使うんだ？」

「あ、そっちは分かります。自分が覚えているスキルを強化するのに使うんですよ。例えば同じ【ガード】でも、レベル1とレベル10では軽減できるダメージが違うんです。スキルの種類によって必要枚数は違いますが、レベルが高いほど消費は増えますね」

なるほど。分かりやすい使い方みたいだ。

三枚だとそこまで強化できる感じではないな。とりあえず温存しとくか。

というか、

「俺のスキルってなんだ？」

収納ボックスは念じれば出てきたが、ステータスは出てこなかった。左端のほうで指を振ってみても出てこないし、頭の中でＴａｂキーを押しても出てこない。ドラファン２ではＴａｂがステータス画面呼び出しだったのだ。

「ステータスは、ステータスカードというのに記載されるんです。身分証みたいなものですね」

へぇ、そういうタイプか。

話しながらテントをしまう。収納ボックスは無限じゃないみたいだが、今のところはまだまだ余裕がある。ボックスの中で寝られれば便利そうなのだが、流石に人は入れないみたいだ。

「それも、町に着いてからか」

自分のスキルが分からないのは不便な気がする。今のところ、収納ボックスしか判明していないしな。これはかなりの便利スキルだから、このまま伸ばしてもいい気はする。

そんなことを考えながら、森を歩いていく。

「そういえば、シャルラみたいな魔剣って珍しいのか？」

町へ着く前に、この常識を押さえておく必要がある。少なくとも、自分に関係しそうなところは。

「魔剣自体はまあまあですかね。ランクがピンキリなので。ちなみにわたしクラスの魔剣は、かなり珍しいですね。激レアです。ちょー強いです」

シャルラは大きく胸を張りながらそう答えた。

昨日だって、巻き添えだったのに抵抗を感じさせずに木を斬り倒せたしな。切れ味は凄そうだ。

「でも、昨日のなんて通常状態じゃないですか。開放状態ならもっと強いですよ。体力使っちゃうのであくまで切り札ですけど」

剣の話になると、シャルラは生き生きとしている。魔剣としてはかなり自信があるみたいだった。

「喋るほうは？　あと人型か」

その言葉にも、頷きながら答える。

「そっちもかなりレアですね。っていうか、人の姿になれる剣は、わたしが知る限りでは他にいないかも、くらいです。強い装備は結構見てきましたけど」

やはり姿が変わるのは珍しいのか。

「そしたらあまり、シャルラが『喋る人型の魔剣』だってバレないほうがいいな。そこはちょっと気をつけておこうか」

「はい。そうですね。それなら、人として振る舞っておきます。ずっと剣でいられないことはないですが、やっぱり剣でいるのは戦うときって感じがしますし……」

そこで、彼女は隣を歩く俺を見る。

「ただの剣になりきって、貴英さんと喋れないのは寂しいですからね」

真っ直ぐな笑顔でそう言った。

「そうか」

ぶっきらぼうに言って、視線を前へ向ける。照れで顔が赤くなってくるのが分かったからだ。

† † †

「おぉ……ようやく着いた……」

たどり着いた町はゲームの中で最初に訪れることになるところだった。本来なら、この町の広場からゲームが始まるはずだ。

「まずは冒険者ギルドを目指そう」

道中、シャルラと話していて思ったが、やはり異世界人である俺は冒険者になるのが一番だ。

まず、身元を証明する術《すべ》がない。当然、この世界での信用もない。

まともな仕事はなんだかんだと身元を詮索されてしまう。そうなると残されているのは冒険者くらいだ。

はみ出し者も多い冒険者はあまり身元を詮索されないし、当たれば大きい。労働時間も自由だ。

仕事でいえば職人に弟子入りするのも可能かもしれないが、近代以前の職人、しかも弟子なんてブラックもいいところだ。よほどその業種か師匠が好きじゃなきゃ務まらないだろう。

だから手っ取り早く一応の身分と仕事を得るために、冒険者ギルドに向かうのだった。

「いらっしゃーい」

冒険者ギルドに入ると、明るく声をかけられる。

「わっ、賑やかですねっ」

入り口付近は酒場のようになっており、冒険者たちが昼間から酒を飲んでいた。こういう自由さも、冒険者の魅力の一つだろう。

食事に来たわけではないので、そのまま奥へと向かう。

スイングドアをくぐると空気が変わった。行き交う人々の姿格好は同じだが、そこからはもう少し静かだ。

奥のカウンターへ向かい、声をかける。

「冒険者として登録したいのですが……」

カウンターにいた女性は、笑顔で頷いた。

「新規登録の方ですね。ようこそ、冒険者ギルドへ。まずは簡単な実技テストがあるのですが、今すぐで大丈夫でしょうか？」

シャルラへ視線を向けて確認してから、受付の女性へと頷く。

「では、早速始めましょう。試験内容は簡単です。こちらのギルドメンバーと戦ってもらい、実力を見るだけ。武器はすべて刃のないものですが、怪我がないとは言い切れないのでそこはご了承くださいね。ギルドでは保証いたしません」

荒くれ者の集まり、というイメージよりは随分と丁寧な口ぶりだが、言っている内容は流石冒険者ギルド、という感じだった。

ギルドの裏手に連れていかれると、そこは訓練所になっているようだった。

藁でできた人形や、ラインの引かれたコートのようなものがある。

「ここで試験を行います。今、試験官を連れてきますので、武器を選んでお待ちくださいね」

そう言い残して、女性は再び建物内にもどっていった。

「わたしは素手でいいです。元々わたし自身が武器ですし」

人として過ごすということなので、俺同様に身分のないシャルラもギルドへ加入する。どちらにしてもずっと一緒に旅することになるんだしな。

武器といっても、俺は戦闘の心得があるわけではない。だったら間合いの外からチクチク攻められる武器を選んだほうがいいのかな。

考えているうちに、試験官がこちらへとやってくる。

「わたし、先にいってもいいですか？」

「ああ」

正体を隠しているとはいえ、魔剣であるシャルラが加入試験程度で負けることはないだろう。不安なのは俺のほうだ。

彼女と試験官の戦闘を見て、なにか攻略を探るのもいいかもしれない。

簡単に整備されただけのコートにふたりが向かい合う。試験官は少し背が高めの男性で、引き締まった身体をしている。武器は斧タイプだ。

対してシャルラは、見た目だけだとただの美少女だ。相手になるとは思えない。

「はじめっ！」

しかし、戦闘が始まると違う。シャルラはまず動かず、相手の出方を窺《うかが》った。それを見て取った試験官が斧を振り下ろす。

最小の動きでそれを避けたシャルラはしゃがみこむと、試験官の胸に頭突きをお見舞いした。

……って頭突き!?

「ごっ……！」

と、声なのか骨の音なのか分からない音を出しながら、試験官が後ろへ倒れた。

「えっ……」

受付の女性が、倒れた男性とシャルラの間で視線を何度も往復させる。

強そうに見えないシャルラが、試験官をノックアウト。

それもたった一撃。

魔剣だと知っている俺ですら驚いているんだから、彼女の驚きは比べ物にならないだろう。

「ご、合格です……！」

「やったっ」

はっと気を取り直した受付嬢がそう宣言すると、シャルラは小さくガッツポーズをした。

四話　宝石騒動

俺たちは無事ギルドの試験に合格した。

一撃で華麗に決めたシャルラと違い、俺はちまちまと立ち回って合格しただけなので、とくに面白いところはない。

「改めまして、ようこそ冒険者ギルドへ！」

ステータスカードを作るため、青く透き通った球体に触れる。

液体のようなその何かに、手首まで沈ませた。金色の文字が浮かび上がり、球体の表面が波打つ。

数秒の時間を置いて、ステータスカードが吐き出された。

「そちらのステータスによって、選べるジョブが変わります。能力やスタイルにあったジョブを選択してくださいね」

ジョブ欄に触れると、様々な職業が表示される。

ステータスは低くないらしく、戦士や魔法使いなどの基本職はほとんど選択できる。ただ、クレリックなどの神職系は、ステータスが足りていても洗礼を受けていないからダメみたいだな。

そういう特殊条件もあるということだ。

「わたしは武闘家にしようと思います。武器、使わないので」

本来魔剣であるシャルラが無邪気に言った。自身が武器という彼女の性質を考えれば、己の肉体で戦うことを主とする武闘家は妥当なところだろう。

各職業には当然得手不得手がある。攻撃力は高いが防御力は低い、遠距離は強いが近づかれると弱い、などだ。だから自分の向き不向きやパーティーのバランスは大切である。

後々はわからないが、ひとまずは武闘家であるシャルラとふたり旅だ。

彼女が前衛だからといって、俺がアーチャーや魔道士のような完全後衛だときついだろう。

シーフやレンジャー系の技能はあると便利そうだが、戦闘力が低いと後衛職以上に立ち行かなくなりそうだ。そもそもいざという時は、彼女を魔剣とした扱うことになるので、前衛に頼らざるをえない職業は危険。

ある程度のバランス、対応力が必要となる。迷った結果、魔法戦士を選択した。

ゲームなんかだと中途半端になりがちだが、魔剣で攻撃力を確保できてるのでそこは問題ない。

接近戦、魔法ともに、スペシャリストには及ばなくても一通り自分でできるのも安定しやすい。

さらに、火を起こしたり水を出したりと、魔法は生活にも便利なのだ。

別に一流の冒険者になって大活躍したいわけじゃない。

あまり頑張らず、ほどほどに暮らしていければいいのだ。器用貧乏大いに結構。

「はい、登録が完了いたしました。これで、もうクエストが受けられますよ」

「ありがとうございます」

改めてギルドカードを眺める。

自分の名前の横に、魔法戦士と書いてあるのはちょっと気恥ずかしいけど、同時にわくわくもした。いよいよ、ファンタジーの世界で生きていくんだという実感が湧き上がってくる。

「よし、シャルラ、早速装備を整えるぞ」

「はい、貴英さんっ！」

基本セットにも皮鎧は入っていたが、最初からいい装備を揃えられれば冒険はぐっと楽になる。

俺には、今日のログインボーナスでもらった宝石がある。詳しい価値は分からないが、それなりの額はつくだろう。邪道という気もしたが、せっかくのログインボーナスは活用させてもらうことにする。ギルドで町の地図をもらい、まずは黒晶石を売りにいくことにした。


宝石を扱う店といっても、イメージしていたような場所ではなかった。

ショーケースにアクセサリーが並ぶような宝石店――もちろん、ガラスケースがないのは分かっていたが――を想定していたが、ここはどちらかというと質屋に近い印象だ。

宝石以外にも綺麗な武器や、壺、絵画などが売られていた。

これは、わりと買い叩かれるかもしれないな……。だが、最初の町ということもあってここはそんなに大きな町じゃない。当然、店や設備の数、種類も豊富とはいい難いのだ。

ちゃんとした宝石店は、もっと中央の大きな町へ行かないとないのだろう。

今回は当面の資金作りなので、他の街まで行くなど無理だ。多少安くても手っ取り早く売ってしまおう。そうはいっても、高価な品を扱っていることに変わりはない。店の中には、警備のためなのだろうゴツい男がふたりいた。かなり威圧感がある。

「わっ、すごいですね。もうオーラからして高そうですよ」

シャルラが棚に置かれた壺に近づきながら言う。彼女はかなり気楽な様子でその壺を眺めていた。

「はしゃいで落とすなよ」

「そんなことしませんよっ。貴英さんはわたしをなんだと思ってるんですか？」

ぷんすかと怒りを表現していたシャルラだが、すぐに興味が移って絵画のほうへ向かう。

「うーん、アートってやつはよくわかりませんね……」

色彩もサイズ感も狂った芸術的な絵を前に、彼女が首を傾げている。後ろから見てみたが、なるほど、さっぱりわからん。

芸術品を買う予定はないのでさっさと店主のもとへ行き、売りたいものがある、と話しかけた。

「どんなお品物ですか？」

店主は俺の頭から爪先まで軽く視線をはしらせた。そして、あまり期待していない風に言う。まあ、初期装備だしな。金持ちには見えないだろう。

だが、黒晶石（大）をさっそく取り出すと、店主の目が変わった。

慌てて手袋をして、多機能っぽい虫眼鏡で黒晶石を観察していく。

その様子をしばらく眺めていると、石を置いた店主が顔を上げて言った。

「少々お待ちください」

一度カウンターの奥へ引っ込み、なにやら分厚い本を持って戻ってくる。その本を脇に置き、こちらへ向けて問いかけてきた。

「本日は、これを売りに来られたのですよね？」

「ああ」

わかりきった質問に疑問を抱きながらも答える。

「見たところ、この町へは来たばかりですよね？」

「ああ、そうだが……」

意図が掴めず、俺の顔に不信が浮かぶ。それを感じとったのか、店主は営業スマイルを浮かべた。

「いえ、とても珍しいものなので、どこで手に入れられたのかな、と思いまして」

どこで、というのは少し答えに困る。まさか素直にログインボーナスだと答えるわけにもいかない。適当な理由を探していると、警備の男たちが近づいてきた。

店主はそれを確認すると、俺に視線を戻す。

「駆け出し冒険者に見えるあなたが持っているには、不自然な品なんです。どうやって手に入れたのですか？」

どうやら、疑われているらしい。不穏な空気を察したシャルラが、警備の肩越しにアイコンタクトを送ってきた。

『先手をうちますか？』

俺も簡単なジェスチャーで返す。

『とりあえず、おとなしくしていてくれ』

黙ってやられる気はないが、揉《も》め事《ごと》はできるなら避けたい。

俺は苦し紛れの言い訳を、精一杯の素人演技で話してみる。

「実は……私は元は商人の息子でして。それなりに上手くやっていたのですが、父が死んでからは人も離れ、立ち行かなくなって廃業したのです。この黒晶石は父が遺したものです」

互いのためにも、素直に信じてくれ。

「そういうことでしたか」

店主は迷いを見せつつも頷いた。そして改めて俺を見る。

人相は悪くないはずだし、現代で暮らしていた俺の体つきや雰囲気は、こちらだと貴族や大商人のような富裕層に近いはずだ。階級や生活スタイルは細かな部分からにじみ出てくる。

店主は後ろの警備に合図を送る。一瞬身構えたが、警備は離れて元の位置に戻ったようだ。

「事情はわかりました。こちらはこのままお返しします」

「え？」

戸惑う俺に、店主は続ける。

「こんなに高価な品は、この店では扱えません。それに、買い取るだけの用意もないのです」

黒晶石を受け取った俺に、彼は続ける。

「これを売るなら、大きな町の、かなりランクの高い高級店に行かないと難しいでしょう。ですが当然、そういった店はいきなり取引ができるものではありません。その黒晶石は、しばらく大切に持っておくといいと思います。もしくは、お父様のお知り合いを当たればなんとかなるかもしれませんね」

「そうですか……」

相場より安く買われるとは考えていたが、まさか買い取り不可だとは。それも、価値がないわけではなく、高すぎて買い取れない、だなんて。

一体、これはどのくらいの価値なのだろうか。

「参考までに、どのくらいの値がつくか教えてもらってもいいですか？」

「これほどのものを扱わないので、正確な値段にはなりませんが……だいたい五千五百万ガルドは越えるかと」

なんだと……！

まだ他の店を見ていないので、その額がどの程度なのか厳密にはわからない。

だけど、桁数やドラファン２の感覚からいって、飛び抜けた大金だということは分かった。

「ありがとうございます」

お礼を言って、店を出る。

「シャルラ、ログインボーナスってすごいな」

「そうですよ！　すごいんですよ！」

自身もログインボーナスである彼女は胸を張って答える。いつものように、その大きな胸が誇らしげに揺れた。

手の中の黒晶石を収納ボックスにしまう。

これ一つで、大金持ちになれるのかもしれない。家くらい余裕で建ちそうだ。だが……。

「換金できないんだよな……」

誰とでも取引してくれるような、庶民向けの店ではこんなものを買い取れるだけの資産がない。

これを扱えるようなランクの店は、俺のような駆け出し冒険者と取引をしない。

つまりせっかくの価値ある黒晶石だが、当分は漬物石にしかならないのだ。

なんという宝の持ち腐れ……！

「なあシャルラ……」

「あ、はいなんですか？」

隣を歩いていたはずの魔剣は、いつの間にか出店に釣られて、ふらふらとあちこち歩きまわっていた。しかもいつの間にか、串に刺さった肉を持っていた。

「ほら貴英さん。これおいしいですよ。あーん」

彼女が差し出してきた肉を頬張る。噛んだ瞬間に肉汁が溢れ出し、濃いめのタレとともに口の中に広がった。肉自体はどちらかというと噛みごたえのあるものですぐに飲み込むことはできなかったが、肉の味が次々と広がるのでむしろ、お得な感じがする。

ニコニコとこちらを見ていた彼女の口元にはタレが飛んでいた。それを拭ってやりながら、心から思った。

「ログインボーナスってすごいけど、なかなか扱いにくいのな……」

「そ、そんなことないですよぅ」

そう言っているそばから、次の店に惹かれかける魔剣の襟首を掴んで宿へ向かうのだった。

五話　お役にたちます！

頼りだった黒晶石が売れないという事態になったので、資金は基本セットに入っていた分だけだ。

元々それでやりくりできるバランスになっているはずなので、問題はない。楽できなくてちょっと残念だったくらいだ。

とはいえ基本セットはあくまでひとり分である。そんなにケチらなくても暮らしていける気はしたが、まだクエストがどのくらいこなせるかも分からないし、念のため宿屋は安いところを一部屋とることにした。シャルラと同じ部屋というのはやっぱりまだどこか緊張するが、昨日もテントで一緒に寝たし、今さらだろう。

むしろ今後一緒に冒険していくんだし、慣れたほうがいい。

「わぁ、宿屋ってこういう感じなんですね。えいっ！」

部屋に入った途端、シャルラはベッドに飛び込む。

知識だけはあるみたいだが経験はないので、リアクションが良く言えば新鮮、悪く言うと子供っぽい。

「あ、思ったよりも固くて跳ねないんですね」

ベッドで打ち上げられた魚になったシャルラが、さり気なく宿をディスった。

初めての宿にはしゃいでいる彼女を好きにさせておいて、俺もくつろぐことにする。

「お湯をもらってくるか」

この宿には風呂がついていなかった。シャルラの話によると、この世界ではそこまで風呂が一般化しているわけではないらしい。高い宿にはちゃんとあるらしいが、優先度が低いので安い宿にはないのがほとんどだというのだ。確かに食事や寝床に比べれば、清潔さは優先度が低いのも納得だ。特に冒険者なんて、身なりに気を使っても仕方ないしな。

風呂が付いていない宿の場合、大きな桶に入ったお湯とタオルで身を拭いて清めることになる。今はまだいいが、冬場はつらそうだ。それまでには風呂付きの宿に泊まれるくらいの稼ぎになっていないとな。

カウンターに声をかけると、すぐに用意してもらえた。

「今日はお湯が使えるんですね」

昨日は河原で野宿だったので、気兼ねなく大量に使えるかわりに真水だった。反対に今日は量が限られているものの、あったかなお湯である。

シャルラは躊躇なく服を脱ぎ捨て、タオルを絞り始めた。

彼女の白くなめらかな肌が惜しげもなく晒されている。

俺も服を脱いで身体を拭き始めるが、どうしてもそちらが気になってしまった。

全体的に細いのに、胸だけは強く存在を主張している。

シャルラの身体はとても魅力的なのだが、本人はそれを意識していないようだ。

裸の彼女は湿らせたタオルで腕を拭いていく。

堂々と同じ部屋にいるのに、なんだか風呂を覗き見しているみたいな気分になってきた。

「ん、しょ……」

頓着しない彼女とは違い、こちらは意識しっぱなし。

隠すことのできない恰好なのに、股間が反応してきてしまう。手早く拭き終えて服を着よう。

煩悩も一緒に洗い落とそうとしてゴシゴシと全身を拭いていく。しかしその最中もついシャルラの姿にチラチラと目が向いてしまった。

胸を拭いていたシャルラが谷間の中を拭い始める。豊かな膨らみがタオルに撫でられて柔らかそうに形を変えた。昨日、そこに挟まれたことを思い出した肉槍が猛る。

急いで目をそらしたものの、隠しきれない興奮は収まらない。それどころか意識するほど昂ぶってしまう。

「貴英さん、それ、大丈夫ですか」

突然声をかけられて驚き、彼女に目を向ける。

シャルラの視線は反り返った肉竿をはっきりと捉えていた。

「こんなに大きくなって……つらくないですか？」

全裸のまま近づいてきたシャルラの巨乳が柔らかそうに揺れる。

そのまま俺の股間近くにしゃがみこんで、勃起竿に顔を寄せた。

「これって、わたしを見ていて大きくなったんですか？」

股の間にしゃがみこんだシャルラが、上目遣いで無邪気に尋ねる。

「ああ……」

真っ直ぐな瞳に嘘をつけずに頷いた。

「シャルラはその、黙ってれば魅力的だからな」

「黙ってればってなんですか、黙ってればって」

照れ隠しに言うと、頬を膨らませたシャルラが目の前の竿を握った。

「ほらほら、こうやって擦ると気持ちいいんですよね？」

楽しそうに言いながら、細い指が勃起竿を扱き上げていく。

シャルラは、俺の反応を見ながら手の動かし方を調整していった。

「ぐっ……」

「貴英さん、気持ちよさそうな顔してます。ふふん、どうですか？　わたしは、知識だけはいっぱいあるんですっ」

いわゆる耳年増ってやつか。普通なら良い意味じゃないはずだが、知識だけで実体験の少ない美少女が、一生懸命にやってくれていると思うと興奮が増す。

「わっ、ピクって跳ねましたよ、これっ」

驚いたのか握る力が強くなる。その拍子に先っぽから我慢汁が溢れ出した。

「あっ、我慢汁が出てきましたね。貴英さんのダーインスレイヴが爆発しそうなんですか？」

シャルラのつまらない冗談に苦い顔をした。ダーインスレイヴとは、一度抜くと血を吸うまで鞘に戻らないという魔剣だ。

そのネタを、俺が分からなかったと考えたのか、シャルラが言葉を続ける。

「つまり一度大きくなると射精するまで収まらないおちんちんとかけて……ってなんで小さくなってきてるんですか」

ムードを壊されて萎えてきた肉槍をシャルラが必死に刺激する。

慣れている男なら違うのかもしれないが、まだ性的な行為に甘い夢を見ている俺としてはエロい気分のままふざけるというのは難しい。

「頼むから口を閉じていてくれ」

「むぅ……」

竿を扱きながら、不満そうな顔でこちらを見上げてくる。その顔と手コキは最高だ。

「そんなこと言うなら、この口の良さを教えてあげますっ！　はもっ」

「おぅっ」

口を大きく広げたシャルラが、そのまま萎えかけのペニスを口に含んだ。

温かくねっとりとした口内に包み込まれ、陰茎はみるみる硬さを取り戻していく。

「もご……んんっ!?　ごほっ」

口の中でどんどんと膨らんでいく肉槍に驚いたシャルラは、一度口を離した。

「こんなに大きいの、入りきらないですよ」

よだれでベトベトになった勃起竿を両手で撫で回しながら言った彼女は、改めてそれを口に含む。

「れろ、ちゅっ……先っぽを舐めて気持ちよくしますね」

舌が亀頭に絡みつき、カリの部分を弄ぶように舐めていく。

竿を支えている右手も根本の部分で上下に動かされていた。

「ここがいいんですか？　もごっ、こうやって、レロレロ、レロレロレロ」

「あぁっ……」

舌がくるくると回転して勃起竿を這い回る。気持ちよさに、思わず腰を突き出してしまった。

「んぶっ！　動くのがいいんれすか？　じゃあいきまふよ？　じゅる、じゅぷっ！」

ペニスを咥えたままのシャルラが、頭を上下させてくる。

卑猥な音を立てながらしゃぶり、舐め回し、扱き上げてくる。

高まってくる射精感に、身体を後ろに倒した。

突き上げるように高くした腰に、シャルラは必死にしゃぶりついてくる。

「あもっ！　じゅぷっ、じゅるっ！　んぉっ、ん、じゅるるるるっ」

射精直前の肉槍がバキュームされて、想像以上の快感に精液が勢いよく噴き出した。

「んぼぉっ！　んぐ、こほっ！　ごくっ、あふっ！」

喉の奥まで精液が飛んでいき、シャルラがむせる。

吐き出された精液を飲み込んではいるものの、咳き込んでしまい、一部が口から溢れる。

彼女の口から出された白濁液は、すぐ下にあった俺の股間へとかかってきた。まあ、元々自分が出しなものだしな。

「あぅ……ごめんなさい」

「いや……」

口から精液を零している姿もかなりいやらしい。射精直後の賢者タイムでもそう思うくらいだから、普段ならもっと興奮しただろう。

「綺麗にしますね」

そう言うとまた股間に顔を埋め、精液を舐め取っていく。肉槍の根本を舌が這い、ドロっとした精液を掬い上げる。そのままタマ袋にかかったものも舐め取られた。

「あぅ……」

射精のために上がっていたタマを舐め上げられて、思わず声が出た。

くすぐったいような、ゾクゾクするような快感がお尻のほうへ伸びていく。

「れろ……ん、まだちょっと残ってるみたいですね。はも、ちゅぅぅっ」

「うぁ……そんなに吸われたらっ」

小さくなった肉竿から精液の残りが垂れているのに気づき、彼女が吸い上げてくる。

残った精液が吸い出されるのはいいが、また大きくなってしまいそうだ。

「ん、これで綺麗になりましたね」

口を離した彼女は、明るい笑顔を浮かべた。そしてすぐに、その顔が勝ち誇ったようなものに変わる。

「どうでしたか？　わたしのお口は。貴英さんの如意棒も上手く扱えていたでしょう？」

だから、そういうのが……と思いつつも、気持ち良い脱力感に包まれていた俺は、反論せずに頷くのだった。

六話　初クエスト！

三日目ログインボーナス！
●俊敏《しゅんびん》の指輪

スタートダッシュボーナス三日目！
●ＨＰポーション×20

「とりあえずクエストを受けてみるか」

宿に泊まったり食事したりするのは無料じゃない。生きているだけでお金は減っていくのだ。

初期の所持金だけではすぐに尽きてしまうだろう。

とりあえず簡単なクエストに挑戦するため、ギルドに顔を出すことにした。

掲示板には様々な依頼が貼り出されている。大雑把にカテゴリーで板が分かれ、そのなかでだいたい難易度ごとに固まっている。大雑把とかだいたいと言ったのは、ごちゃごちゃ貼られていて、ちゃんと並んではないいないからだ。

最初ということもあり、素材採集系の簡単なクエストを探す。採集とはいえ冒険者に出される仕事だから、モンスターと出会うリスクはそれなりにあるのだろう。ただ、討伐クエストと違ってヤバければ逃げてもいいのだ。指定の物さえちゃんと届けられれば問題ない。

「これだな」

掲示板から一枚の依頼書を剥がす。内容は薬草の採集。まさに一番最初に受けるクエストに相応しいものだろう。報酬額も相応で、正直これだけだと宿代にも足らないくらいだ。本来なら同じ場所でこなせる他の採集や、近い地域に出るモンスターの討伐クエストを一緒に受けるのだろう。

だがとりあえず、今日はこれ一つで受けてみよう。戻ってきて余裕があれば、他を受けてもいいんだし。カウンターで手続きを終えると、シャルラがこちらに駆け寄ってくる。

「貴英さん！　これどうですか、これ！」

『討伐クエスト　ドラゴンモドキ３匹の討伐　難易度：★★★★★』

「戻してこい！」

難易度５じゃねえか！　薬草の採取はいうまでもなく難易度１。

難易度に上限はとくになく、15とか20もあるらしい。そう考えると難易度５は簡単に見えるかもしれない。だが、この町にあるクエストとしては最上位クラスだ。

初心者の町とはいえ、冒険者たちもプロ。難易度５は決してノリでいけるようなクエストではない……はずだ。多分。シャルラがいれば、いけなくもない気がしないでもないような。

「えー。やっぱり大剣としてはドラゴン倒したいじゃないですか、ドラゴン。ね？　せめてモドキを……」

いや、だがやはり順番は大切だ。まだちゃんと戦いの感覚も掴めていないしな。

「そのうちな。しばらくは簡単なのにするぞ」

「はーい……」

テンションを下げながら頷いたシャルラとともに、薬草の採取に向かった。


「シャルラ」

「うんっ！」

高い木が生い茂る森の中。

ところどころから陽光は差すものの、全体としては薄暗い印象を受ける。

黒っぽい土はわずかに湿り気を帯びて、足音を目立たなくさせる。落ちた木の葉を踏むときだけ、はっきりと音が響いた。

五匹のゴブリンが近づいてくる。連携を取りながら、じりじりと間合いを詰めてきていた。

人数不利でこれだけ近づかれると武闘家のシャルラはともかく、俺が無傷でいられるかは怪しい。

そこで魔剣に戻ったシャルラを握り、一気に片付けてしまうことにした。

隣にいたシャルラが粒子になり、魔剣となって俺の手に収まる。

「はっ！」

「んぁっ！」

「ギャギャッ！」

裂帛の気合とともに振るうと、ゴブリンはあっけなく切断される。それを見た他のゴブリンは警戒を強め、二匹一度に襲い掛かってきた。

「ぐっ、このっ！」

「んうっ、あはぁっ！」

「グギャ、ギャーッ！」

一歩引いて、大きく横薙ぎ、肉や骨を断つ感触すらほとんど感じさせず、ゴブリンを斬り裂いた。

シャルラを握っていると、ステータスに補正が入るのかもしれない。

いとも容易くゴブリンを倒しながらそう思う。

「ギャギャッ！」

「ひうっ、あふぅんっ！　貴英さん、んっ、そこ、そんなに強く握っちゃダメですぅっ」

「握りが弱かったらすっぽ抜けるだろ！」

攻撃を受け止めるだけのつもりだったのに、前に出しただけであっさりと引き裂いていく。やはり、シャルラの力は圧倒的だ。戦闘中に嬌声が響くのは勘弁してほしいが。

これ、剣のときはどの部分が口なんだろう。もう、その部分だけ布で覆えないかな？

最後の一匹はまたしても逃げ出した。

「やりましたね、貴英さんっ！　余裕ですよ余裕！」

「ああ、そうだな」

簡単すぎて手応えがないくらいだ。あまり危険なことをしたいとは思わないが、この調子ならもっと割のいいクエストを受けて、暮らしを良くできるかな。

「シャルラ、静かに」

足音が聞こえる。方向は……ゴブリンが逃げたのとは違う。援軍ではなく新手か？　争いの音を聞いたのかもしれない。

そちらに剣を構えて待つ。

「大丈夫か!?　……ん？　君ひとりか？」

「あ、ああ……」

現れたのは人間だった。こんな場所にいるということは、冒険者だろう。四人パーティーみたいだ。

「こっちからゴブリンの声と、女の子の悲鳴が聞こえた気がしたんだが……」

「ゴブリンとは、さっきまでここで戦っていたな」

動揺を出さないように答えた。女の子の悲鳴というのは、まず間違いなくシャルラの嬌声だ。現在進行形で原因を握っていることもあり、手汗が出てくる。

「そうか……見たところ、近くに人はいないし……気のせいかな？」

「そうかもしれないな」

「それならいいんだ。君はソロなのか？　大丈夫か？」

「ああ。受けているクエストも簡単なものだしな」

冒険者たちはそれで納得してくれたみたいだった。危機がないとわかり、彼らの空気も緩む。

「それにしても、珍しい剣を持ってるね。ちょっと見せてもらってもいいかい？」

軽い感じで尋ねられて、返答に窮する。俺専用の魔剣なので、盗られる心配はない。だが、触れられれば確実に声を上げるだろう。渡すわけにはいかなかった。

「いや、この剣はその……呪われた剣でな。触らないほうがいい」

ピクッとシャルラが動く。おとなしくしていてくれ。

「の、呪われた剣？　確かに、見たことないほど派手だが……」

「ああ、だからあまり近づかないほうがいい。触らなきゃ危険はないが、一応な」

「そうか……だからソロなのか。まあ、いろいろ大変だと思うが頑張ってくれよ」

「ああ」

やはり呪われた剣には関わりたくないのか、彼らはいそいそと俺から離れていった。

彼らが十分に離れたあと、シャルラが人の姿に戻る。

だが、人型になった彼女はむくれていた。

「呪いの剣だなんてひどいですっ！」

「それはすまん。だが、魔剣だとは言えないだろ？　それに、触られたら絶対声出すだろうし」

彼女をなだめるように言うが、むしろ火に油を注いでしまったみたいだ。

「出しませんよ！　貴英さん以外に触られていちいち感じるほど淫乱じゃな……ぅんっ！　とにかく、触られるくらいじゃ声は出しません」

「そもそも、シャルラが振るたびに声を出さなければ、彼らも来なかったと思うんだが……」

「それは、その、貴英さんの使い方がエッチぃからですっ」

ひどい言いがかりだ。

「声ってどうしても抑えられないものなのか？」

「ある程度慣れればマシになるとは思いますが、今のところは難しいですね……」

シャルラは肩を落とした。戦うたびに喘ぐのをなんとも思ってないわけではないらしい。

とはいえ、戦闘のたびに声を出していたら他の冒険者に不審がられるだろう。さっきのだって、もう少し警戒心の強い冒険者たちだったら、乗り切れなかったはずだ。

「今後も、近くに他のパーティーがいることは多いだろうし、シャルラを振るうのは難しいかもしれないな……」

力は圧倒的だが、喋る魔剣はレアだと言うし、見つかったらややこしいだろう。ダンジョンを踏破したり冒険者としてそれなりの成果を挙げたりできた後なら、魔剣持ちでもただの幸運として納得してもらえるかもしれないが。

「それまでは、シャルラはずっとパーティーメンバーでいてもらうしかないかな」

「えー！　でも、まあ仕方ないかもしれませんね……」

抗議の声を上げたシャルラだが、ログインボーナスのことや俺の出自がばれるのはまずいと納得してくれたらしい。基本的に素直で聞き分けがいいのだ。

「それに、人として一緒に冒険できますしね」

機嫌を直してそう言うと、彼女は俺の手を握った。

七話　わたしを弄んだのね！

「嫌ですっ！　ダメですっ！　わたしというものがありながら、そんなところへ行くなんてっ！　貴英さんのうーわーきーもーのー！」

腰にしっかりと抱きついたシャルラを引きずりながら歩く。町ゆく人々の視線がこちらへ向いているが、今はシャルラも人の姿だし、ただの痴話喧嘩だと思われている程度だろう。実害はない。

「貴英さんには魔法があるじゃないですか！　武器なんていりませんよ！　わたしを捨てないでー！」

「ええい、いい加減離れろ！　捨てないけど、近接武器は他にも必要だろ!?」

魔法を使えるといったって、まだ初級のものだけだ。それにMPだって無限じゃないし、使いこなせているわけでもない。近づかれたときに身を守るための武器は必要だ。戦闘中もシャルラを魔剣ではなくパーティーメンバーとして扱う以上、俺には武器が必要だった。

だからクエストから無事戻ったあと、武器屋に向かっているのだが、こうしてシャルラにしがみつかれて妨害されているのだ。

「いーやーでーすー！　近接武器なんていりませんよぅ！　わたしもっと頑張りますから！　他の剣に浮気しないでー！」

依然しがみついているシャルラを引きずりながら、武器屋のほうへ歩き続ける。

俺の腰や背中に顔を埋めながら叫ぶので、その部分が吐息で湿ってきた。いい加減諦めてくれ。

「離せ、歩きにくい。どれだけ妨害したって武器屋には行くんだ」

「ダーメーでーすー！　貴英さんにはもう剣があるじゃないですかぁっ！　硬くて大きくて元気で立派な剣がぁー！」

確かにシャルラは剣としては大きい。分類も大剣だしな。元気さはこの通り、元気すぎて困っているくらいだ。切れ味鋭くて立派な剣なのは間違いない。全部シャルラのことだな！

「わたしだけじゃ満足できないんですか？　頑張りますから！　浮気はやめてくださいよぉー！」

ぎゃーぎゃーと騒ぐシャルラを引きずったまま、なんとか武器屋に到着する。俺たちの様子を見ていた周囲から「え？　武器屋？　酒場とか宿屋じゃないの？」的な視線を感じたが気にしない。

「いっらしゃ、い……？」

泣き喚く彼女を腰にぶら下げて現れた俺に、店員が首を傾げる。若干まずいことに、店員は女性だった。しかも姉御肌っぽい人だ。今の俺には無骨で無関心な職人気質の店主のほうがありがたかった。

「あの、大丈夫……？」

ただ事じゃない雰囲気の俺たちに、店員の女性が話しかけてくる。

「大丈夫です。ただ武器を買いに来ただけですから！」

「そ、そう……じゃあごゆっくり……」

明らかにこちらを気にしつつも、それ以上は踏み込んでこない店員の女性から、やや逃げるように武器を見に行こうとする。しかし、しがみついていたシャルラが素早く離れて、剣コーナーの前に立ちふさがった。両手を広げて通せんぼし、首を激しく横に振った。

「剣はダメです！　絶対ダメです！　ノーモアソード！」

「……分かったよ」

あまりに必死なシャルラに、こちらが折れることにした。正直、剣が一番扱いやすい武器だとは思うが、魔剣である彼女からしたら、やはり俺が他の剣を持つのは耐えられないのだろう。

俺もシャルラが他のやつに握られてるのを見たいとは思わないしな。

「これにしましょう、これに」

「近接武器だっつってんだろ」

躊躇なく弓を差し出してきた彼女にデコピンを食らわす。お互い、大分気安くなってきたな。いいことかもしれない。

「わかりました。これで妥協しましょう」

「これは近接武器、なのか……？」

二メートル以上あるメイスを差し出され、なんとか受け取る。ずっしりと重く、これを振り回せる気はしない。どう考えても取り回しが難しいし、近づかれたときに使う武器じゃないだろう。

わちゃわちゃしていると、店員のお姉さんの視線を感じた。だが、最初のような心配げなものではない。俺たちの様子を見て、誤解を解いてくれたみたいだ。

「そうか、近づかれたとき用なんだから、短いものでいいんだよな」

ナイフのコーナーへ足を向けると、シャルラが大慌てで駆けてきた。

お前絶対、まともに選ぶ気ないだろ？

「なに見てるんですか貴英さんっ！」

「ナイフだけど……」

「ナイフ！」

シャルラは大げさによろめいて嘆きを表現した。ちょっと面白い。

「ナイフは小さい剣じゃないですか！　ロリソードじゃないですか！」

なんかとんでもないこと言い出したぞこいつ。

「貴英さんはちっちゃい剣《こ》が好きなんですか!?　わたしの大きいおっぱいであんなに気持ちよくなっていたのに！　本当はちっちゃいのがいいんですか！　ちっちゃいほうが好きなんですね!?」

「おい、誤解を生むだろ！」

ちらりとお姉さんのほうを見ると目があって、彼女は胸を押さえながらあとずさった。お姉さんは全体的にスレンダーなタイプだった。

「鬼！　悪魔！　貴英さん！」

「おいやめろ」

結局、短い槍を買うことにした。店員のお姉さんは若干怯えていたような気がする。

† † †

ドタバタの末、なんとか武器を購入してギルドの酒場に戻ってきた。

食べ物屋は他にも結構あるのだが、ここは性質上冒険者が集まり、情報も入ってきやすいのだ。

近接武器自体に反対だったシャルラだが、剣でなく槍にしたことで一応機嫌を直してくれた。

「あ……、ちょっとお話ししたいので、向こうに行ってきますね」

女性冒険者のパーティーを見つけたシャルラが、そちらの席へと向かっていった。なにか聞きたいことでもあるのだろう。それを見送っていると、入れ替わりに俺にも声がかけられる。

「よっ、調子はどうだ？」

言いながら、先輩らしき冒険者ふたり組が向かいに腰掛ける。癖っ毛で明るそうな青年と、短髪で固そうな青年だ。声をかけてきたのは、癖っ毛のほう。

人数もそこまで多くないギルドだ。新入りだということは、すぐにわかったのだろう。

「まだ、一つしかクエストをしていないので」

「そっか。うんうん、慎重なのは良いこった。最初はみんなやる気出しつつもビビってる。でも、それでいいんだよ」

隣で短髪の青年が頷いた。

「慣れてきた頃に、油断が生じる」

見た目通り、声も言葉も固い。

「ちょっと厳しそうでも、まあいけるっしょ、って思ったりな」

言いながら癖っ毛の青年は肩をすくめる。

「でも、冒険者は不安定。どんなに慣れて、どんだけ強くなっても、命のやり取りをしてるのは変わんない」

彼は真剣な顔つきになって見つめてくる。これまでが軽いノリだった分、その言葉は重く響く。

「冒険者として生き残るには、無理をしないことだ。それだけは忘れるなよ」

「はい」

頷くと、癖っ毛の彼はぱっと表情を明るくして立ち上がった。

「なんかで一緒になったときは、よろしくな！」

気楽に言いながら、手をひらひらと振って去っていく。短髪のほうは俺に頷きかけると、癖っ毛の彼を追った。その姿を見送って、考えた。冒険者になる理由は様々だ。

一攫千金を狙っている者もいるだろうし、心躍る冒険を望んでいる者もいるだろう。

それしか道がないと思った者や、名誉を狙っている者もいる。

いろんな理由で冒険者になる。だけど多くない選択肢からとはいえ、冒険者を選ぶような者のほとんどは血気盛んで前のめりだろう。

だから、無茶をすることも多い。そのまま命を落としてしまうことも。

彼らは先輩として、新入りに注意しているのだろう。

冒険者となる者があとを絶たないほどの魅力がある反面、リスクもつきまとう仕事だ。

それを再認識して、思う。俺は名を挙げたいわけでも、大金持ちになりたいわけでもない。

だから彼らの言う通り無茶はせず、地味にやっていこう。

冒険者たちの声に満たされた酒場で、静かに思った。

八話　わたしの全部を

昨日と同じ部屋。

酒場で女性冒険者の元へ向かい、戻ってきてからのシャルラは妙にくっついてくる気がした。

元々スキンシップは多い印象があるが、今はべったりだ。

ベッドに腰掛けた俺の隣に座って寄りかかってくる。彼女の体温と柔らかさを感じると、安らぎと戸惑いが同時に浮かび上がってくるみたいだ。

そうか、違和感があると思っていたが、今日のシャルラはスキンシップを取りつつもおとなしいんだ。

いつもはもっと、勢いでくっついている感じがある。それこそ、武器屋に行くとき、腰にしがみついていたシャルラは勢いの塊だったし。

流石にこれは不思議だ。彼女の肩に手をおいて少し距離を開け、問いかける。

「一体どうしたんだ？　いつもと様子が違う気がするんだが」

「うん」

シャルラが頷き、話し始めた。

「わたし、魔剣じゃなく冒険者仲間として、貴英さんの傍にいることになったじゃないですか」

「ああ」

「それでさっき、女性冒険者の人たちに聞いてきたんです。女性として持ち主に仕えるにはどうしたらいいんでしょうか、って」

「お、おう……」

盛大に誤解を招きそうな聞き方だった。

「そんなに、気にしなくてもいいと思うけどな」

彼女はとても、俺の役に立とうとしてくれている。それはありがたいことだけど、そんなに無理をする必要もないのだ。

「この世界に飛ばされてきて、すぐにシャルラと出会って……俺はそのおかげで、とても助かってるんだ」

なんだか照れくさい感じだが、彼女の不安がちょっとでも解消されるなら安いものだ。

「わたしもです。貴英さんと出会えて、こうしてマイドガードを冒険できて、本当に幸せなんです」

その微笑みはいつもの無邪気さとは違い、どこか儚さを帯びていた。

「わたしはずっとひとりだったので……」

窓際に目を向けて、そう呟いた。睫毛がわずかに震えている。

「でも、貴英さんが持ち主になってくれたおかげで、今は寂しくないんです。本当に楽しくて……だから、これからもずっと、貴英さんの傍《そば》にいさせて下さい」

思わず彼女をきつく抱きしめた。

その身体を包み込み、体温を感じながらぎゅっと。少しでも彼女が安心できるように。

「貴英さん……」

細い手が肩に回され、強く抱き返してくる。胸に押し付けられた温かな膨らみの向こうで、少し速い心音。至近距離で彼女が顔を上げて真っ直ぐに見つめてきた。

吐息が感じられる距離でそっと囁く。

「わたしは貴英さんが大好きです。魔剣としても人としても、わたしの全部を貴英さんのものにしてください」

彼女は目を閉じて、唇を寄せてくる。俺はそれに応えて唇を重ね、そっと彼女を押し倒す。

仰向けになった彼女がこちらを見上げ、小さく唾を飲んだ。

「いいのか？」

野暮にも思える確認を取ると、彼女はこくりと小さく頷く。

その唇に再びキスをして、柔らかな彼女を味わった。

「んっ……」

小さく声を上げて見つめてくる。碧い瞳を覗き込むと、恥ずかしげにそらされた。その仕草に愛しさがこみ上げて、今度は頬にキスをする。

細い手が背中に回され、きゅっと身体を引き寄せる。頬の次は首筋にキスを。

「んはぁっ！　あっ、貴英さん、そこは弱いのでダメですっ」

そう言われるともっと責めたくなってしまう。一度離した唇を再び首筋へ。

「あんっ！　だ、だからそこはぁ……」

甘い声が理性を溶かす。白い首筋に吸いつき、舌先で舐め上げた。

「あぁっ……！　ん、ふぅんっ」

背中を抱く手に力が入り、感じているのが分かる。最後にもう一度だけ首筋に触れると、今度は下へと降りていく。

抱きつかれるたびに柔らかく押し付けられていた胸を露《あらわ》にする。

ふよんと柔らかそうに揺れながら現れた巨乳に、男として目が吸い寄せられてしまう。

確認のためシャルラを見ると、彼女は小さく頷いた。膨らむ欲望を押さえきれず、そのおっぱいを両手で掴む。

「あんっ！　貴英さんの手が、わたしの胸を……」

挟んでもらったことはあるが、こうして触るのは初めてだ。その柔らかさを堪能するように両手を動かして揉みしだいていく。肉竿よりもハッキリと、肌のきめ細やかさや魅惑の弾力を味わうことができた。

「はぁ、んっ……やっぱり手、大きいんですね。それに、触り方がエッチです……」

シャルラのような美人を抱けるとなれば、触り方だっていやらしくもなる。

肉槍は既にズボンを突き破らんばかりに猛っており、期待も最高潮だ。

元は彼女を安心させるために抱きしめていたはずなのに、告白を受けてからは欲動のまま動いてしまっている。それが分かっても、止められない。

手の中でピンク色の頂点が硬くなっていた。そこに指を当て、軽く弾いてみる。

「ん、んー！　今、なんかきましたっ……」

シャルラの喘ぎが耳朶《じだ》を打ち、昂《たかぶ》りを助長する。

猛りきったものを早く開放したくて、俺の手は胸からおなか、おへそへと脱がしながら降りていった。

「あっ、やっ……んんっ！」

両足をきゅっと閉じて、シャルラが声を上げる。その太ももに手を添えると、ゆっくりと足から力が抜けていく。順番に服を脱がせていき、パンツ一枚になったところであえて一度止める。

顔を上げて、仰向けになった彼女の全身を眺めた。

「ぁ……そんなにじっくり、見ないでください……」

両手を胸の前でクロスさせ、足も重ねながら弱々しく抗議する。

「ちゃんと見せてくれ。腕も足も開いて」

「はい……」

恥ずかしがりながらも手足をゆっくりと開いていく。両腕に押さえられていた裸の胸が、柔らかそうに弾む。下着には縦筋のラインがはっきりと透けていて、いやらしい蜜で湿っていた。

「貴英さんのそこ、苦しそうですね」

視線を俺の股間へ向けて言った。指摘通り、そこはもうパンパンに膨らんでいる。

だが、先に彼女の下着に手をかける。パンツに指をかけて、そのまま降ろしていった。

軽く糸を引く下着を剥ぐと、そこから女のフェロモンが立ちのぼってくる。

足首から完全に抜き取ると、一糸まとわぬシャルラが発情した顔でこちらを見ていた。

その顔も体つきも実に淫靡で、日頃の騒がしさとのギャップなのか、妙な背徳感までもが心をかき乱し興奮させられる。

「貴英さん、きてください」

「あぁっ……！」

もどかしさを感じながら素早く服を脱いだ。股間の剛槍ははちきれんばかりで先走りを溢れさせている。

「あぅ……すっごいエッチな形になってますね……」

桃色の息を吐きながら彼女が呟く。その顔、その声の一つ一つが腰に響いた。

「いくぞ……」

華奢な太ももを掴み、脚を開かせる。ぴったりと閉じられていた陰唇がいやらしく口を開いた。中からトロッと粘性の高い愛液がこぼれだし、シーツを汚していく。

まずは指を入れ、内側をほぐしていく。熱い膣内が指に吸いつき蠢《うごめ》いた。

「あぁっ！　貴英さんの指、わたしの中にっ……！」

ゆっくりと動かしてほぐしていく。くちゅくちゅと卑猥な音が響き、どんどん蜜が溢れてくる。

「はぁ、あぁっ！　かき回されて、あぁぁぁあっ～～!!」

ビクビクンッ！

嬌声とともに身体を震わせたシャルラ。どうやら、軽めにイったみたいだ。

「はぁ、あぁ……」

中も大分ほぐれてきたし、もういいだろう。……何より俺も我慢するのが限界だ。

猛りきった肉槍を割れ目にあてがう。

「あっ……硬いのが、当たって、んあぁぁぁっ！」

ゆっくりと挿入していく。小さくヌプププ、と音を立てながら腰を沈めていった。

「あっ、ひぐっ……！　貴英さん、もっと、奥までっ……！」

彼女の細腕がぎゅっと俺を抱きしめる。

亀頭が処女膜に当たり、メリメリとそこを裂いていく。

「あっ、いぐぅ、うぅっ……！　あぁぁっ！」

処女膜を越えると、一気に肉槍が飲み込まれた。

背中に回された手に力がこもり、身体が密着する。彼女の大きな胸が柔らかく潰れていた。

「あぁ……すごい、貴英さんのが、あれが、入ってるっ……！」

肉竿は内襞にぴっとりと包み込まれていた。

キツイ膣内はとても熱く気持ちがいい。挿れているだけでペニスが溶けてしまいそうだ。

じわじわと高まる快感を覚えながら、シャルラの膣内が肉槍に慣れるのを待つ。

「貴英さん、もう大丈夫ですっ……動いて下さい」

声と同時に、慎重に抽送を始めた。

「ひうっ！　あ、んあっ……内側を、硬いのが削って……！」

蠢動する内襞が肉槍を締めつけてくる。腰が止まらなくなり、ピストンが激しくなっていった。

「あっ！　はっ！　んっ！　奥までっ、硬いのがぁっ！　はっ、あっあっ！」

「ぐっ、そろそろイキそうだ」

「あっ、あぁっ！　わたしも、もう、イっちゃいますっ……！」

腰を激しく打ちつけて、音を響かせる。

パンパンパンパンパン！

「あぁあああぁっ！　もう……らめっ！　イク……あぁ、……んはぁぁあああぁぁ〜〜〜っ!!」

大きく嬌声を上げながらイったシャルラの内襞が、遺伝子を求めて収縮する。

その誘いのまま、肉槍は奥で精を放った。

ドピュッ！　ビュク、ビュルルルルッ!!

「ああ……貴英しゃんの子種汁が、奥まで注がれてゆ……」

舌の回らない彼女が、それでも強く抱きついてくる。

最後まで精液を出し切って、ゆっくりと肉竿を抜いた。

「あんっ」

抜くときの刺激にシャルラが声を上げる。

引き抜くと、お互いの混じり合った体液がドロリと一緒にこぼれた。

「貴英さん、これからもずっと一緒です」

「ああ」

頷くと、強く彼女を抱きしめる。そのまま眠ってしまうまで、彼女を抱きしめ続けたのだった。

九話　或る魔剣の話

まだ何もかもが始まる前の景色。

一面に広がるのは荒野。

どこまでどこまでも荒涼とした景色だけが広がっている。

生命体の存在しない場所。

どうやら、ここは星であるらしい。

無限に思える荒野も、地平線で姿を消していた。

空には青の星が見える。

そこはマイドガードと呼ばれる場所。

しかしそれはただの投影。同じ宇宙にあるわけではなく、たとえここから飛び立っても、見た目通りにはたどり着けない場所。

それでも不毛の大地よりは、見るべきものがあるのかもしれない。

だから少女はいつも、そのたどり着くべき場所を見上げていた。

荒野には無数の武具が並ぶ。

赤茶けた砂礫の大地に、狂うほど武具が並んでいた。

それは竜を殺す魔剣。

それは海を裂く聖剣。

それは城を貫く神槍。

炎を力に変換する鎧、風を踏んで歩ける靴、呪いを跳ね返せる兜。

あらゆる超常の武具が、無造作に突き立てられていた。

不毛の大地を彩るように、或いはその空虚を際立たせるように。

時折大地に光が差すと、新たな武具が現れる。

時折武具が光を放つと、青の星へと移動する。

ここは武具の保管庫だった。

気の遠くなるほど昔。マイドガードの創造主が作り上げたシステム。

そのシステムによって作り上げられた武具が、ここには保管されていた。あるいは扱いを見れば、打ち捨てられていたとも言えるかもしれない。

人の手によらない武具。人造では決してないが、神造というにはあまりに顧《かえり》みられない。

ただシステムが生み出し、この荒野に置き去られ、持ち主が現れると召喚される。

少女はそんな世界に、一振りの魔剣として生み出された。

シャルラハロート・クライス。

人の姿をした、自律型の魔剣。

彼女は武具の荒野にひとり、意識を持って生み出された。

喋る武具、というのは過去にも存在していた。

持ち主に知恵を与えるもの、ある方向へと誘導していくもの、ただの話し相手。用途は様々だが、喋る武具、知能をもつ武具は生まれたときから最低限の知識と人格が与えられている。

だからシャルラは生まれたときから自分の役割を理解していて、呼ばれる日を待ち続けていた。

いつかあのマイドガードへ降り立ち、持ち主とともに戦場を駆ける。

敵はモンスターか、それとも敵国か。持ち主はどんな人になるのか。

最初は周りにならって、剣の姿で待ち続けた。

彼女は荒野に刺さる無数の武具の一つとして、いまかいまかと呼ばれるのを待ち続けた。

周りの武具が輝き、マイドガードへ呼ばれていく。

自分の番を待つ彼女は、次第に気づくことになった。

武具の消える順番は、持ち主が現れた順だ。生み出された順ではなかった。

自分よりあとに現れて、すぐに姿を消したものもあった。

自分より先に現れていて、未だに荒野にいるものもある。

幾つもの武具を見送った彼女は、次第に不安が大きくなってきた。

自分は、ずっと呼ばれないのではないだろうか。

辺りには喋る武具はなく、不安を分かち合える相手はいない。

持ち主でないシャルラには、周囲の武具を引き抜くこともできなかった。

不安はどんどん大きくなってくる。

基準のないこの場所では、時間の感覚は掴めない。

だから、どのくらいそうしていたのだろうか。

シャルラは姿を変え立ち上がり、歩き出した。

自分と同じような存在が、この広い荒野のどこかにいると信じて。


触れられない武具と砂礫だらけの荒野を、少女は歩き続ける。

どこまでも広がって見えた荒野は、歩けば歩くほど無限なのではないかと思えてくる。

これだけ広いなら、どこかには自分と似た存在がいるはずだという希望。

これだけ広いと、どこかにいても巡り会えないのではないかという恐怖。

彼女は歩き続けた。

時間の感覚はない。だから、それはたった数時間だったのかもしれないし、何年も過ぎていたのかもしれない。

ただ、少女にとっては長い時間だった。

適度に休憩はとっていたし、魔剣なので身体は頑丈だった。

だから、先に折れたのは心のほう。

どれだけ進んでも会えなくて、彼女は地面に倒れ込んだ。

見上げた空には青い星。

彼女が焦がれたマイドガード。

あの世界を自分の持ち主と駆けるのが、彼女の存在意義であり望みだった。

倒れたまま、手を伸ばす。届くはずもない遠さの場所に伸ばした手が地に落ちた。

自分は、このままずっと呼ばれないのだろうか。

不安は膨れ上がるばかりで、孤独が心を苛んでいく。


どれだけの時間が過ぎたのだろう。一年か、十年か、もしかしたら百年か。

永遠に感じられるような孤独を、シャルラは空を見上げて過ごした。

そんなある日、彼女は自分の身体が輝いているのに気づいた。それは、消えていった武具たちと同じ光。

同時に彼女の頭に、ある人物の情報が流れ込んでくる。

樽井貴英——たるい たかひで——。

彼女の持ち主となる青年の名前だ。

勇者、という感じはしない。でも、なんとなく気になる雰囲気だった。

それに、彼がどんな人だろうと、自分の持ち主であることに変わりはない。

仕えるのが自分の使命だし、たとえ使命がなくたって、自分をこの荒野から解き放ってくれる恩人だ。

胸いっぱいに期待が溢れる。

魔剣としての能力には自信があった。問題は、自分の容姿や性格だ。

武具に人格があることを喜ばない戦士は多い気がする。有用性を示せば受け入れてくれる者も多いが、戦いに自信のある彼らは口を挟まれることを好まない傾向にあると、産まれながらの知識が教えてくれている。

——彼は大丈夫だろうか。いや、気に入ってもらえるように精一杯頑張ろう。

シャルラは気合を入れ直して、彼との出会いを待つのだった。

† † †

深い森の中。木漏れ日が差す広場で、彼女は岩に刺さっていた。

マイドガードの辺境。どうということのない森の中だったが、彼女にとっては新鮮だった。

知識でしか知らなかった、生き物の姿。日差しの眩しさに、木や土の匂い。

荒野とは違う場所に、自分はいる。

そして、ここに彼が来る。

待ち望んでいた、自分の持ち主。

異世界人の彼が、こちらに到着したのが分かる。

これまでの不安や孤独が、一気に溶けていくのを感じた。

これからこの世界で、彼との冒険が始まるのだ。

自分を救ってくれた者の名を、万感の思いとともに口にする。

『貴英さん……』

そして程なくして、彼と彼女は出会うのだった。

十話　同期の出世とお財布事情

八日目ログインボーナス！
●スキル：ダブルスペル

この世界での暮らし、冒険者としての暮らしにも慣れてきた。といっても、難しいことをしているわけじゃない。あくまで採集クエストや、その周囲の弱いモンスターの討伐クエスト。冒険者としてみれば危険が少ないかわりに、実入りも少ない。ただ、一度に幾つものクエストをこなしているから効率はほどほどに良い。そうは言っても、結局はまだ赤字なのだが。

働くのは週に三日から五日。難しいクエストばかりの日は、見送って休みにしているからだ。パーティーがふたりということもあるし、無茶はしない。

今日もギルドに来てみたら難易度の高いクエストしかなく、臨時休業だ。

まだ昼前だが、どうやって過ごそうかな。普通ならこんな暮らしはできない。冒険者としては赤字で、基本セットのお金なんてとっくに尽きている。

それでもこんな暮らしを続けていられるのは、ログインボーナスのおかげだ。

冒険に関係するアイテムなら、ギルドで普通に買い取ってもらえる。さらにこまめに冒険に出ているから、レアリティーの低いアイテムなら冒険の最中に手に入れたことにして売ってしまえる。

今やメインの稼ぎはそれだった。もちろん、高級アイテムが出たときは今まで通り収納ボックスの肥やしになってしまうのだが……。それと難しいのは、今日のようにスキルが貰えたときだ。

幸いにして魔法戦士なので、一度に二発魔法を撃てる『ダブルスペル』は腐らないスキルだった。

……前に『二刀流』がきたときはちょっと困った。魔法戦士なので剣二本の装備もできるし、剣と杖という組み合わせも大いにありだ。だが、いい装備は当然高い。財布に余裕のない今、使い道のないスキルだった。

さらに、日々を繰り返すことで分かったことだが――。

ログインボーナスは十日ごとに日数がリセットされるようで、それぞれ『一日目』には二つのボーナスが貰え、『十日目』には強化アイテム系がもらえるようだ。

まだサンプルが少ないので確実ではないが、どうもそうらしい。

「あうー……」

降って湧いた休みの過ごし方を考えてると、シャルラが呻き声を上げた。

「どうした？」

「戦いたいですっ！」

元が魔剣であるためか、シャルラは時折そう口にする。クエストに出るつもりだったのに仕事がないから、気持ちの持って行き場がない、というのは理解できる。ちょっと、散歩に行きたがる犬っぽい気もしたけど。シャルラが戦いたがっているときの対処法は二つだ。

一つは、軽めの討伐クエストに出かけて実際に戦う。ただ、これは毎回できるわけじゃない。バランス的に微妙な難易度のクエストしかないことも多いからだ。そこでとるのが、もう一つの方法。

「まあ、とりあえずパフェでも食って落ち着けよ」

「本当ですか!?」

ぱぁっと顔を輝かせる。だいたい甘いもので彼女の機嫌は良くなるのだ。戦いたいというのが魔剣としての欲求なら、甘いものは女の子としての欲求だろう。

「んふふー♪」

鼻歌を奏でながら、シャルラはパフェを待っていた。

俺はというと、先日のログインボーナスを思い出して軽くため息を吐く。涙紅石《るいこうせき》という宝石だったのだ。価値はとても高いのでそこだけ見れば当たりだろう。だが案の定、この町では換金できないクラスのレアアイテムだった。レアなのはいいのだが、ログインボーナスを売って暮らしている身としては、こういう現実的に換金できないアイテムが連続してしまうと少し困ったことになる。

無邪気にパフェを食べる彼女を見ながら、俺は今後について考えていた。

† † †

ここは始まりの町だ。

この辺りはモンスターも弱く、そのためクエストも低難易度なのだ。だから冒険者を始めるにはうってつけでもある。他の街から移ってきて、ここで冒険者を始める者も多い。

脅威となるモンスターが少ないというと人口が増えそうなのだが、そうならないのは交通の便が悪いからだ。人もモンスターも、やはり便利なところに集まるのだろう。

だから冒険者の中には、より強い装備、よりいいダンジョン、より激しい冒険を求めて、他の町へ行く者もいる。特に若く血気盛んな者たちは、レベルが上がるとこの町を出ていく。

今日も、そんな冒険者たちの壮行会が行われているのだった。

「おう、おめでとう！　向こうへ行っても頑張れよ」

年齢からの衰えを感じたとかでこの町まで降りてきた先輩冒険者が、旅立つ若者たちに声をかける。若い頃の自分の姿に重ね合わせているのかもしれない。

確かに他の町へ行ったほうが稼げるし、この町にいては冒険者としての名誉も得られないだろう。ある程度の目処がついたら、他の町へ行くのが正解なのかもしれない。

何度か見たことがある壮行会で今日に限っていろいろ考えてしまうのは、本日送り出される冒険者が、俺とほぼ同じ時期にデビューしていたからだ。彼らは着実にクエストをこなし、先日ついに難易度5の討伐ミッションも終え、意気揚々と次の町へ移ることにしたのだ。立派なことだ。

未だに難易度3以下のクエストばかり受けている俺と同期だとは思えない活躍っぷりだった。

まあ、人は人だ。改めて考えてみればそれだけのこと。俺は俺のスタンスとやり方で進めていければいい。別に冒険者として成り上がりたいわけではないのだ。

「すごいですね」

シャルラが隣でそう言った。送り出される彼らは、冒険者たちに囲まれて楽しそうにしている。

「ああ。どんどん成長してるみたいだしな」

同期といっても、そこまで接点があるわけじゃない。むしろパーティー合同クエストなどで組んでいる先輩冒険者のほうが彼らに詳しいだろう。

ギルドは他の町とも提携しているので、別の町へ行ってもある程度の評判と一緒にスムーズに移行手続きができる。それぞれの町に相応しい冒険者が相応しい数いたほうが、互いに助かるからだ。

他にも、町の中間くらいで起こった事件の始末や、大量に発生したモンスターで協力することもある。どの町を拠点にするかは基本的に本人の意思が尊重されるが、人数や戦力の調整でたまにギルドのほうから「行ってほしい町がある」と打診が来ることもあるみたいだ。

俺たちには関係なさそうな話だが。普段、あまりギルドの中心にいない俺は、こういう機会でもないと仕組みについて思い出すこと自体が少ない。

「今日の壮行会で思ったんですけど」

喧騒から少し離れた席で、シャルラは真剣な顔つきで見つめてきた。

「わたしたちの生活って、もしかして冒険者としておかしいんじゃないでしょうか」

「……まあ、そうだな」

今さら感がすごい。そもそも赤字だし、ログインボーナスがなければ成り立たない生活だ。個人的にはのんびりできていい暮らしだが、冒険者としてはどうかと自分でも思う。

「最近、運動不足な気がします」

自分を見ながら言うシャルラを眺めると、彼女が身体を腕で隠した。

「いえ、魔剣なので目に見えてどうということはないですが。……どうということはないのですが！」

「なぜ二回言った？」

シャルラは咳払いでごまかすと、何事もなかったかのように続けた。

「少しクエストを増やしていいと思います。というか、赤字にならないくらいは必要な気も……」

彼女の言うことはもっともだった。特に最近ログインボーナスが不調というか好調というか微妙なところで、現金化できない高額レアアイテムやちょっと便利なスキルなんかが出ているのだ。

一つ一つは当たりだし嬉しいのだが、そればかり重なると財布の中身が心細くなってくる。

もう少し冒険でちゃんと稼ぐか、もしくは高額レアアイテムを換金できる町へ行くか。

ただ、高額レアアイテムは結局信用がないと現金化できないらしいというのが難点だ。

頑張って移動すれば確実に楽に暮らせるっていうのなら、行ってみる価値はあるのだが。

このままそういう大きな町に行っても、信用がないから現金化はできないし、ギルドのクエストは難しいものばかりで危険だし……とかで、立ち行かなくなってしまいそうだ。

「クエストか……」

俺たちも少しは慣れてきたし、レベルも多少は上がっている。

そろそろもう少し冒険してみてもいいのかもしれない。

「ちょっと考えてみるか」

そう呟いて酒場の喧騒に目を向けると、荒くれ者らしく腕相撲大会が始まっていた。

誰が優勝かで賭けも行っているみたいだ。その様子をぼんやり眺めて、俺はジョッキを傾けた。

十一話　魔剣の成長？

「貴英さん、お願いがありますっ」

壮行会が終わった後、部屋に戻るとシャルラが突然声を上げた。

「どうしたんだ？」

「たまにでいいので、わたしをちゃんと魔剣として使ってほしいんですっ」

シャルラは目に炎でも燃やしているかのように力強くそう言った。壮行会で成長している冒険者を見て触発されたのかな？

それはそれでいいのだが、彼女を魔剣として使うのはいろいろと問題がある。

「他の冒険者に、喘ぎ声を聞かれるだろ？」

どんなに強い装備でも、振るたびに喘ぎ声を上げて周りから奇異の目を向けられる剣というのは扱いにくいことこの上ない。

「鍛えましたっ」

「鍛えた？」

ってなにをだ？

首を傾げていると、シャルラはドヤ顔で力強く宣言してきた。

「出力を抑えれば、声を出さずにすむようになったんですっ！」

「本当か？　じゃあ、ちょっと試してみていいか？」

「はいっ！」

元気よく頷くと彼女は粒子になり、俺の手に剣が収まる。

部屋なので暴れまわることはできないが、その分もし声が出てしまっても大丈夫だ。

とりあえず、まずは普通に剣を振ってみる。これだけでも切れ味は鋭く、かなり強力な剣だ。

何度か振ってみてもシャルラは無反応だ。

「おお、本当にこれならいけそうだな」

「はいっ、魔力を開放しなければ、なんとか抑えられるようになりました」

シャルラはいつも通りの調子で話しているのだが、やはり緋色の大剣が話しているというのはちょっと不気味だ。

「どのくらいまでならいけるのか、試してみてもいいか？」

「はい、でも、ここで開放したら危ないですよ」

「ああ、流石に全力で振ったりはしないよ」

どのくらいの出力まで出せるかを調べるだけだ。言うなれば、ギアを入れずにアクセルを踏んでエンジンの回転を上げてみるだけのようなもの。

手に力を込め、シャルラに魔力を乗せる。

その出力を徐々に上げていった。

「……ぁ……んっ……んはぁっ！　あっ、うんっ!!　……はぁ……ん……」

嬌声が大きく上がったところで、また出力を弱めていく。

少しずつ調整して、どのくらいから声を上げてしまうのかを探っていった。


「だいたいこんなところか」

「ん、はぁはぁ……そうですね……」

シャルラが声を上げずに戦える出力を三十分ほど探っていた。微調整でだいぶ喘いでいたこともあり、ちょっと疲れているみたいだ。

「ところで、純粋な魔力の問題だけなのか？」

魔力供給を切った状態で、柄を握りながら尋ねる。

「どういうことですか？」

「いや、振り方とか握り方って関係あるのかなって思ってさ」

「ひうっ、あっ、その触り方はダメですっ」

指でなぞったり、さわさわと擦り上がると剣が悶え始めた。剣の姿で悶えるシャルラもだが、その剣を撫で回している俺も端から見たら相当に危ないだろう。

でもだんだん楽しくなってきて、そのまま剣をいじり回していく。

「あっ、も、もうっ！」

シャルラが粒子になり、人の姿に戻った。

彼女はしゃがみこんだまま、首を抑えて俺を見上げていた。その目は少し潤み、頬は桜色に染まっている。

「ん、はぁ……ふぅ……」

魔力の流し込みと、その後の確認で発情してしまってるみたいだ。

彼女は軽く俺を睨みつけた。

「貴英さんひどいですっ！　わたしの身体を好き勝手いじり回して喜んでるなんてっ！」

誤解を招く！　と言いたかったが、その通りなので反論できない。

「んっ、こんなにされたら、はぅ……」

潤んだ瞳で見上げられると、こちらも変な気分になってくる。シャルラは間違いなく美少女で、そんな彼女の痴態に興奮しないはずがなかった。

「貴英さんがエッチな触り方するせいなんですからね」

シャルラの手が俺の肩を掴み、そのままベッドへと押し倒してくる。

積極的な彼女に俺は抵抗も忘れ、仰向けにベッドへと転がった。

「はぁ、はぁ、んっ……！　貴英さんの魔力が、まだわたしの中に残ってますっ」

息を荒くしたシャルラが覆いかぶさってくる。

小さなその唇が俺に重ねられ、表面を舌が蠢く。

「ん、ちゅっ……」

一度唇を離し、再びキス。彼女の舌が割り入ってきて、口内を舐め回す。

「んんっ！　ちゅ、レロ……」

互いの唾液を交換し合う。どことなく甘い粘液を吸いながら、舌先を絡めた。

「はぁっ！　ん、ふぅっ！」

唇を離すと、シャルラは俺の胸に手をついて身体を起こす。

下から見上げる形になると、普段は無邪気なシャルラがなんだか妖艶に見える。

巨乳をアオリの視点で見ているのも大きいかもしれない。

太ももが俺の脇腹辺りを挟み込み、お尻が肉槍を敷いている。

「貴英さんも、もうエッチな気分になってるんですね」

「シャルラのキスがいやらしいからだろ」

言い返すと、彼女が腰を前後に擦りつけてくる。

そこはもうズボン越しでもハッキリと形が分かるほど勃起していた。

それは彼女にも伝わっているようで、シャルラのお尻は肉槍をしっかりとなぞり上げてくる。

「こんなに硬くなって……今、外に出してあげますからね」

シャルラはあやすようにそう言うと、一度足のほうへ腰をずらした。

そして俺の下半身を手際よく剥いていく。

飛び出した勃起竿を掴むと、その上に腰を持ってきた。

「んっ、貴英さんのここ、もうガチガチですね。血管も浮き出てます」

細い指が浮き出た血管をつーっと撫でていく。もどかしい刺激に思わず腰を突き出して、まだ布に包まれているシャルラの秘部を突っついた。

「あんっ！　さっき散々好き勝手わたしをいじったのに、またそうやっていたずらするんですね。そんな貴英さんはお仕置きですっ」

彼女は膝立ちで跨ったまま、肉竿を掴んだ手を上下に動かしていく。

しっかりと握り込み、扱き上げていく。それは前戯の愛撫というよりも、そのまま射精を促している動きだ。

「ああっ！　そのまま出しちゃって下さい。ふぁ、すぐ近くにわたしのアソコを感じながら、手でイっちゃって下さいっ」

シュッ、シュコッ！　シュル、シュッ！

シャルラは手コキで俺をイかせてしまうつもりらしい。実際、彼女の手は気持ちよく、このまま出してしまうのも時間の問題という気がしている。

「ん……はぅ……どうですか、このままだと、本当に手でイっちゃいますよ？」

シャルラのほうも興奮を隠しきれず、肉竿の先端を割れ目に擦りつけている。布越しだが十分な湿り気が感じられて、チュクっと音が響いた。

「はぁ、んっ……反省しておねだりできたら、このまま挿れてもいいですよ？　どうですか、貴英さんっ……」

その声色は「挿れてほしい」と言っていた。騎乗位という体勢もあって今日は優位に進めたいと思っているのだろう。それに乗るのもやぶさかではないが、必死の強がりを見ているとやはり喘がせてしまいたいという欲望がムクムクと膨らんでくる。

シャルラには悪いが、彼女は困ったり慌てたりしているときがとくに可愛いのだ。

下から彼女の股へと手を伸ばす。

「あっ！　やっ、なにを！　んぁ！」

下着をずらすと、もう濡れまくった割れ目から愛液がしたたり落ちてくる。これだけ濡れていれば、もう充分だろう。

肉竿を扱く彼女の手が根本のほうへ降りたタイミングで、俺は強引に腰を突き上げた。

「んはぁぁあっ！　あっ、ダメ、そんなのズルいですっ！」

肉槍が中ほどまで膣内を貫く。根本を握られているため、彼女自身の手に阻まれてそれ以上は入らない。

それでも蠢動する内襞は、しっかりと肉竿の先端に絡みついた。

「ズルですっ！　抜いて下さいっ！　ん、あぁっ！」

「お、おい、そんなに扱き上げたらっ！」

強引にねじ込まれた肉槍を抜こうと、シャルラの手が押し出すように動く。だがそれは根本を激しく擦る愛撫でしかなく、膣内に包まれた先端の刺激と合わせ、俺を射精へと導いていった。

「お仕置きなのに、先にイっちゃうからダメぇっ！　おちんぽで中をグリグリしないでぇっ！」

「お前、自分で動かしておいて、ぐっ、もう出るっ」

彼女の手が激しく動き、さらに腰まで振ってきている。言葉とは反対に快楽を貪る淫猥なシャルラに、俺は耐えきれず敗北してしまう。

「ああっ、ダメだ、うっ……！」

ビュッ、ビュッ、ビュクン！

手と膣で同時に肉槍を責められ、彼女の中に白旗を上げてしまう。

「んっ！　んっ！　ん～～っ！　ぁっ……出てる、貴英さんの子種が、あぁぁっ！」

声をつまらせた彼女が快感に震え、こちらに倒れ込んでくる。

ベッドに両手をついたものの、肉槍から手を離したせいで、射精中のそれが奥まで刺さってしまった。

「あぐっ、敏感なときにっ……」

奥を突かれた彼女もそうだろうが、射精中に深く飲み込まれた俺も快感に痺れてしまう。

そのせいか、もう最後まで吐き出したはずなのにまだ欲望がわだかまっている気がした。

終わりのつもりなのか、シャルラは腰をゆっくりと上げて慎重に肉竿を抜きながら言った。

「ん、貴英さん、これに懲りたらもうずるなんてしちゃダメで……あぁぁっ～～！」

彼女の細いくびれを掴むと思いきり引き寄せる。抜かれかけた肉槍が一気にグチュンと奥まで貫いた。

「あぁっ、なんで、イったばっかりなはずなのにぃっ！」

「シャルラが可愛すぎるから、すぐに復活しちゃうんだっ」

「そ、そんなこと言っても……んぁぁっ！」

興奮しているせいか、普段なら恥ずかしくて言えない本音も素直に出てくる。もっと彼女の体温を感じ、もっと彼女の声を聞いて、もっと彼女の中をかき回したい。

あ♥
ん♥

「あぅっ！　はぁっ！　あっあっ！　らめれすっ！　あはぁっ！」

収縮する内襞を強引に貫いて擦り上げる。

引き抜くカリで襞をめくり、互いの快感を高めていった。

繋がっている場所からは洪水のように愛液が溢れ出してきて、俺の腰をトロトロに濡らしていく。

泡立つ愛液に塗れた肉槍が、膣口から出入りするのが見えて興奮する。

「んあっ！　は！　あぁっ！　らめ、イクッ」

シャルラの声は乱れきっている。身体をのけ反らせ、ただただ快楽に身を任せていた。

そのトロ顔をしっかり見られないのは残念だが、顔を上げるとぶるんぶるん揺れるおっぱいが飛び込んでくる。上から谷間を覗き込むのもいいが、騎乗位の姿勢から見上げる下乳も素晴らしい。

胸の動きと内襞の刺激が良すぎて、また出してしまいそうだ。

「あっあっ！　イク、イクイク、イクッッッ!!」

全身をピンと張りながらシャルラが絶頂した。

内襞がこれまで以上の蠢動で、肉槍にしゃぶりついた。

その貪欲さに耐えきれず、二度目の中出し精液を注ぎ込む。

「んぅ～！　あ、はぁ……しゅご……貴英さんの熱いのが、また出てましゅ……」

呂律が怪しいシャルラが、ぐったりと全身の力を抜いた。

力を使い果たしつつも妙にスッキリとした頭で「これで運動不足を解消したら、クエストに出なくてもいいんじゃないかな」とアホみたいなことを考えた。

十二話　合同クエストに参加

久々に魔剣シャルラを使うため、他の街との合同クエストに出ることにした。

呼ばれた理由はいろいろあるのだが、先日優秀なパーティーが町を離れて戦力が不足したことが大きいらしい。ステータスの高さやクエストの達成度を考慮して、ギルドから合同クエストに参加してほしいと打診がきたのだ。

どちらにせよ大きめの討伐クエストを受けようと思っていたところだし、断ってギルドからの評価を悪くする理由もないということで素直に参加することにした。

普段低難易度のクエストで出入りしているのとは違う森を、他の町の冒険者たちと行く。今回の標的はブラッドベア。二メートルから三メートルの体躯で、赤茶色の体毛を持っている。その凶暴性と、返り血にも見える毛色からブラッドベアと呼ばれていた。

数が増えてくると縄張りを広げていき、人里に近づくこともある。そのため増え始めたらこうして駆除の依頼がくる。

数が多くなりやすいことと一体一体も強めなことから、少し離れた町からも応援を呼んで三町合同のクエストとなる。

それだけ危険なのに毎回削るだけで狩りきれないのには、幾つかの理由がある。一つは数が多すぎること。また山林は広く、全域に生息しているブラッドベアのすべてを探すことは難しいこと。

一番大きな理由は上位種の存在だ。ブラッドベアの中にはブラッドベアキングと呼ばれるものがいる。一回り大きなこの種類はブラッドベアと比較してもかなり力が強く、毛や皮膚も硬いため狩ることが難しい。その強さから森の中心にいて、人里には来ないのでそっとしておくのだ。

クエストでは人里へ来るような、ブラッドベアとしては弱い個体だけを狩っていくことになる。

初心者の町から参加していて、それもソロということで俺はおまけみたいなものだ。他のパーティーのメンバーは防具も俺よりいいものだし、レベルも高い。

この三町合同クエストはある程度の頻度で行われている。当然、仕事である以上発生したモンスターの駆除が主目的となるのだが、それ以外にも「初心者の町の者に経験を積ませる」という側面もあるみたいだ。冒険者全体のレベルアップは、町の防衛にも役立つしな。

だから基本はパーティーごとで動くが、助けを呼べばすぐ駆けつけられるような距離感で戦っていくことになる。シャルラが喘がず戦えるようにならなければ、決して参加はできなかっただろう。

クエスト前の時間。続々と集まってく冒険者たちを少し離れた位置で見ながら、小さく息を吐く。

なんがかんだで、初の大型討伐クエストということもあり、柄にもなく緊張しているみたいだ。

シャルラが魔剣モードで、ずっと黙っているせいもあるもしれない。

「……大丈夫ですよ」

今は他の冒険者から距離があるので、シャルラが小声で話しかけてきた。

「いざとなれば、力を開放して乗り切れます」

「……喘ぐだろ。それは本当に最終手段だな」

話している内容はくだらないが、落ち着いてくる。そうだ。きっとなんとかなる。

「誰と話してるんだ？」

「え？」

突然声をかけられて驚くと、四人組がこちらへ来ていた。装備の感じからいうと、一番強い街の冒険者だろう。全体的に頑丈で、飾り気も少しある。ある程度の実績があり、資金にも余裕があるのが窺えた。擬装用の鞘に収めているから、シャルラが魔剣とは気付かれないだろうけど……。

「今日のクエストの参加者だろ？　ソロなのか？」

「え、ええ、ソロです」

「誰かと話していたみたいだが……」

周囲には他に誰もいない。曖昧な笑みを浮かべながらそれに答える。

「や、少し緊張しちゃって。落ち着こうと独り言を……」

納得してくれたようで、彼らはこちらを安心させるような笑みを浮かべた。

「ああ、なるほど。僕もよく緊張してたな……。大事なのは適度な緊張感だ。気を抜き過ぎも危ないけど、ずっと緊張しすぎもよくないよ。まあ、分かってても難しいんだけど」

「ですね。なかなか……」

「何かあったら……いや、ありそうな時点ですぐに声をかけてね。そのための合同クエストなんだから」

「はい。ありがとうございます」

「よろしくね。じゃあまた」

そう言うと彼らは離れていき、今度は他のパーティーに声をかけている。全体の戦力や雰囲気を確認しているのだろう。一番上位の町から来ているということもあり、今回のクエストの中心となるパーティーなのかもしれない。良さそうな人たちだ。

「本日のクエスト参加者は、馬車へ乗り込んで下さい！　そろそろ出発します！　改めてギルド員へ声をかけてから、馬車までお願いします！」

馬車のほうで、ギルドの人が声を張っている。

「いよいよだな」

「はいっ、頑張りましょう」

シャルラを担いで、馬車へ向かった。


深い森の中。

ザッザッと周囲から音がする。冒険者たちの立てる足音と、それから離れようとする獣の気配。

木や草が生い茂っているため、視界はあまり良くない。音はするものの、百メートルから二百メートルくらいの場所には複数いるはずの他パーティーが、まったく視認できない。

もう、ブラッドベアの縄張りに入っている。木を見ると、所々にブラッドベアの爪痕があった。

三メートル近くの高さにあるそれは、縄張りのサインだ。

直立して手を上に伸ばして爪痕を刻む。自らの身体の大きさを示して弱い生き物を追い払うのだ。

シャルラを握りしめ、ソロで森を進んでいく。

「出たぞ！」

「こっちもだ！」

「本格的にかち合うぞ、みんな準備を！」

「まずくなる前に助けを呼べ！」

「いくぞ！　クエスト開始だ！」

あちこちから冒険者の声が飛び、最後は雄叫びになる。

「ゴォオオオオォオォッ!!」

野太い嘶《いなな》きが聞こえるのは、ブラッドベアか。冒険者とブラッドベアの群れが衝突し始める。

ガサッ、と茂みが鳴る。その直後、黒い影が飛び出してくる。

丸っこい物体に見えたそれが素早く立ち上がる。

「ゴォオオオ」

二メートルを越えるブラッドベアが、低くこちらを威嚇してきた。

「いくぞ、シャルラ」

「はい」

魔剣シャルラを構え、対峙する。魔力は開放せず、そのまま斬りかかった。

「オォッ」

鉄でできたその辺の剣と見分けがつかないのか、ブラッドベアは魔剣を弾き返そうと太い腕を振るう。クマにしては長い爪が、振り下ろされた剣へ迫った。直後、ガキン、とまるで金属同士が当たるかのような音。

手に軽いしびれを感じる。袈裟斬りを狙った剣筋は、ブラッドベアの肉には届かず表面の毛を刈っただけだ。確かに剣の軌道は逸らされた。だが、ブラッドベアの想定とは違っただろう。打ち合った爪の部分がすっぱりと切り落とされ、柔らかな土に刺さった。

「ゴ。グゥオオオオオ！」

驚愕のため声を上げるブラッドベアに、踏み込みながら追撃をかける。緋色の剣閃が奔《はし》り、今度は狙いを違《たが》わずその肩から脇腹までを一息に斬り裂いた。

とても軽いものながら、肉を裂く感触。魔剣の切れ味は、魔力を通さずとも圧倒的だった。

「ゴォ、オ？」

切り口から斜めに身体がずれ、ブラッドベアが息絶えた。

「思ってたよりも、なんとかなるもんだな。流石最上位の魔剣ってことか」

「そうですそうですっ！　もっと褒めて下さい」

手の中の魔剣が甘え始める。人の姿だと可愛いのだろうが、やっぱり剣が懐いてくるのは不気味だ……。

うちの町からの参加者以外は、他人のお守りができるほどの実力者揃いということもあって、他のパーティーも着実に勝ちを収め、ブラッドベア狩りは順調に進んでいた。

十三話　喘ぐ魔剣

ブラッドベア討伐クエストは順調に進んでいた。

このクエストは、普段は初心者の町からきた冒険者の面倒をガッツリ見ながらということになるのだが、今回は魔剣持ちの俺が危なげなく進んでしまえることから手間が減ったのか、予定時刻よりも早く目標ポイントに着いたようだ。

「よし！　この辺までにしよう」

ブラッドベアの討伐は、数ではなく場所で行われる。討伐系のクエストにしては少し珍しい形だが、大切なのは人里に降りてこないことなのでこういう形なのだ。

中心に行くほど強くなっていくから、踏み込み過ぎも危険である。今日のメンバーならもう少し奥まで行っても大丈夫だろうが、万が一ということもある。無難に例年通り、この辺で引き上げるべきなのだろう。

もっと稼ぎたいからか、調子のいいところに水をさされたからなのか、一部のパーティーから若干不満の声が上がる。それでもリーダーは意見を曲げない。

「いや、これ以上は危険だ。まだ中央までかなりあるとはいえ、敵は確実に強くなってきてる」

「うわあぁぁ！　キングが出た！」

そのとき、遠くから声がする。俺から見て反対側の端近くだ。

「なに!? すぐ向かう。全員、隊列を変更！ もっと固まって動こう！」

慌ただしくみんなが動き出す。俺ももっと真ん中のほうへと移動しながら、こっそりとシャルラに話しかけた。

「なんか、まずそうだな」

「はい。こんなに浅いところにキングが出ることはないはずですが、なにがあったんでしょうね」

ただ運が悪かっただけなのか、もっとまずいことが起こっているのか――。

「うわぁぁあ！ なんでこんなにたくさん！」「引け！ 撤退するぞ！」「うそだろ、こんな……」

様々な悲鳴とともに、冒険者たちが森の外目指して逃げいく。

どうするべきか、一瞬迷った。このまま確認せずに逃げだしておくか、危険かもしれないがなにが起こっているのか見てからにするか。

普通に考えれば前者でいいだろう。最初の町からの参加である俺は、守られる側であって真っ先に逃げていい――いや、逃げないと足手まといになるポジションだ。

そう思いながらも、俺の足は騒ぎの中心へと向かっていた。

シャルラを握りしめる。

彼女はおそらく、この合同クエスト参加者の中でもっとも強い。

魔力開放状態なら負けることはないだろう。もしこの騒ぎがクエストの中心パーティーでも手に負えなかった場合、止められるのはシャルラだけだ。逃げてしまったら取り返しがつかないかもしれない。自分だけ助かればいいとは思えず、足を速めた。

「うわ……」

その光景を目にし、思わず息を呑んだ。

これまでは一パーティーに一頭ずつくらいしか現れなかったはずのブラッドベアが、十以上いる。

「グゴォォオオ……！」

その中でも目を引くのが一際大きく凶暴そうな個体――ブラッドベアキングだ。

普通のブラッドベアでもこれだけの数がいれば危険なのに、キングまで出てきている。いや、キングがいるからこそ、取り巻きとしてこれほどの数のブラッドベアが出てきているのだろう。

すでに五パーティーほどが戦っているが、完全に劣勢だ。

おそらくここにいるのは皆、今回では実力上位のパーティーで、二頭くらいまでなら普通に戦えるし、三頭でも苦戦はしつつもなんとかできるのだろう。だが、別格であるキングがいることで、そちらにも意識をさかなければいけなくなる。

そうすると防戦一方でジリジリと削られてしまう。

俺はまず合流がてらに、一頭のブラッドベアに後ろから斬りかかる。殺気を感じ取って振り向くものの、硬さに自信があるブラッドベアは大げさな回避ではなく反撃のための防御に出た。

だが、魔力を通していないとはいえ、こちらは最高クラスの魔剣。先程同様ブラッドベアの肉を容易く引き裂き絶命させる。

「グオォォォッ！」

参入と同時の一撃必殺は、ブラッドベアたちのヘイトを稼いだらしい。キングの咆哮に合わせ、各パーティーに一頭ずつあてがった分は残し、残りがこちらへ意識を向けた。

これまでの戦闘で疲労しているパーティーたちは、一頭の相手でも精一杯。すぐ片付けて、こちらへ助けに来るのは無理そうだ。

かなり悪い状況である反面、都合よくもある。他のパーティーはギリギリの状態だったのだが、こちらにヘイトが向いたことで、結果としてなんとか押し切られずに戦闘を進められそうである。

あとは俺が、この状況をなんとかすればいいだけだ。

「だけ、って言うけどな」

シャルラで斬りつければ、ブラッドベアは一撃だ。油断はできないが、そこまで絶望的な状況でもない。それでも、自分よりも大きなクマが何頭も迫ってくるのは精神的に厳しい。勝てるはずだと思っていても、恐怖が湧き上がって足がすくむ。でも、一頭ずつ削りとっていけば大丈夫だ。

柄を握り直し、ブラッドベアに向かい合う。軽く扇状に広がったブラッドベアの群は、じりじりとこちらへ近づいてきていた。

「ダブルスペル、ファイア！」

左から二番目と三番目、二頭めがけて魔法を打ち込むと同時に一番左のブラッドベアへ向けて飛び込む。獣系なので火属性が弱点。とはいっても初級魔法のファイアではたいしたダメージも通らないだろう。それでも数秒の目くらましにはなる。

その隙で擬似的に一対一になり、左端に斬りかかる。

剣閃の後、その一頭が崩れ落ちた。

「よし、この調子なら」

しかし構え直した俺の目の前に、キングが迫ってきていた。他のベアでは相手ができないと判断したのか、一頭でこちらに迫る。その丸太のような腕が俺の足を切断しようと突き出される。

「このっ」

下段に向けた爪撃をなんとか跳んで躱す。ギリギリのところだったが、これで終わりだ。

体重を乗せた一撃でキングの肩を斬りつける。これまでブラッドベアを屠ってきたものよりも重い一撃。

掌に肉を裂く感触がハッキリと伝わってくる。

「グギャアアアアッ!!」

「な――ごはっ！」

胸近くまで食い込んだ魔剣は、しかしその胸筋で止まって致命傷には至らなかった。それでも激痛のため悲鳴を上げたキングは苦し紛れに俺を払いのける。爪を使ったわけでもない、ただ闇雲に腕をふるっただけの一撃。

それでも人間を吹き飛ばすには充分で、俺は背中に激痛を感じて倒れ込んだ。

「あ、ぐっ……」

どうやら弾き飛ばされて、木に衝突したらしい。

苦し紛れの一撃だったためか威力は低く、たいした怪我はなさそうだ。だが、胸と背中に激痛がはしる。何よりも……。

なんとか身を起こしながら、痛みに暴れるキングへ目を向ける。その肩には、深々とシャルラが突き刺さっていた。

どうにかして、シャルラを引き抜いて取り戻さないといけない。だが、そのシャルラ無しでキングに組みつけるだろうか。たとえ深く突き刺さっていて俺の力では抜けない場合でも、シャルラに触れさえすれば魔力を流し込んでそのまま切り裂くことができるはずだ。

手持ちの手段で方法を考える。ファイアではキング相手だと隙を作るのすら不可能だろう。特に今の暴れまわっているキングでは。他の属性魔法ではさらに効き目が薄い。

普段使っている槍では、投擲しても突いてもおよそ効きそうにない。今の俺では不可能だ。

じゃあ、武器を引き抜くところだけ他のパーティーに頼む？　彼らのほうがレベルは上だしモンスターとの戦闘にも慣れている。武器を引き抜いてさえもらえばいいので、倒すより難易度は低いだろう。

……いや、だめだ。普段ならともかく、疲弊したこの状態ではそれすら危ない。ちらりと確認すると、むしろ一体のブラッドベアに押され始めているパーティーすらある。体力的な限界が近いのだ。キングは未だ痛みに苦しみ、こちらを襲う余裕がないのは幸いだ。しかし、それも長く続くわけじゃない。このままだと全滅だ。なぜこんな浅い場所にキングが出たのかはわからない。しかしそれを嘆いても状況は変わらないのだ。

考えろ考えろ考えろ。これまでに何かヒントはなかったか？　スキルやアイテムに活路は見いだせないか？　シャルラの性質はどうだ？　切れ味が鋭く、魔力を流せば喘ぐかわりに対軍兵器並の火力を発揮する。普段は元気で、可愛くて……そうか！

シャルラ最大の性質は、人であること。剣の姿と人の姿を自由に変えられるところだ。

そしてもう一つ。今までシャルラが剣になったとき、それはどこに現れていた？　人に戻るときはその場だが、剣になるときはいつも決まった場所に現れていた。

「シャルラ！　一瞬だけ戻って、すぐにまた剣になれ！」

右手を突き出して、周囲をはばからずに叫ぶ。あとは魔力を注ぎ込んで、一瞬で決める。

「はいっ！」

返事をしたシャルラが光り、粒子になる。人の形になりかけたそれが再び分解し、俺の右手へと集まって緋色の大剣となった。

「いくぞ！」

「ひうっ！　んぁ、はいっ！」

掴んだ瞬間、魔力を流し込む。切れ味の素晴らしい大剣は、魔力によって魔剣となる。

魔力を開放しシャルラを横薙ぎに振るった。狙いなどつける必要もない。

「ひぅ！　あっ、はぅ、あぁぁぁっ！」

実剣の先から伸びる緋閃が破壊の光となってブラッドベアを呑み込んでいく。

木々ごとなぎ倒し蒸発させる緋色が、苦しみに喘ぐキングを弾き飛ばす。

「グゴォォォォオオオ！」

死にぞこないのキングが最期の力を振り絞り、こちらへ迫ってきた。形相は必死。その迫力にたじろぎそうになる。だが、手の中でシャルラが力強く息づいていた。緋色の魔剣は恐れることなくキングを迎え撃とうとする。俺も応えて、さらにシャルラに魔力を注ぎ込み、とどめの一撃を放つ。間違っても起き上がってこないよう、全力で振りかぶった。

「あんはぁぁぁぁぁぁあんっ!!」

艶めかしい嬌声とともに、緋色の閃光が視界を埋め尽くした。ブラッドベアキングは跡形もなく消滅し、深く抉れた地面と日当たりの良くなった周辺が、その威力を物語っていた。

「すごい……」

後ろから冒険者の声がする。やばいな……さすがに人型とかがバレたのか……。

「その喘ぐ魔剣、なんてすごいんだ！」

「あ、喘ぐ魔剣!?」

シャルラが否定の声を上げようとするが、盛り上がった冒険者たちの歓声にかき消された。

「もうだめかと思ったぜ……助かったよ、喘ぐ魔剣のアニキ！」

親しみを込めて肩を組まれて、その勢いによろめく。

「どんな呪法か知らないが、喘ぎ声とともに敵を薙ぎ払うなんて初めてみたよ！」

「違っ、あの、わたしっ……！」

安堵からかこれまでよりも高いテンションの冒険者たちに担ぎ上げられて、俺は無事に町へと戻ったのだった……。

第二章　俺と剣フェチと喘ぎの魔剣

一話　スパーダ・カヴァルカンテ

ログインボーナスだけで生きるご隠居ライフ

一日目ログインボーナス！
●ポイズンボール×20
●ドラゴンジャベリン＋20

合同クエストから十日程度が過ぎていた。

あれをきっかけに俺の持つ魔剣が喘ぐことは知られてしまったが、あの場にいたパーティーはみんな二つ隣の町から来た上位冒険者たちだったので、この町にはすぐには関係なかったようだ。

町のギルド同士情報交換はするのだが、初心者が多いこの町に入ってくるのは周辺の危機に関する情報ばかりで、冒険者としての裏話みたいなものは少ない。もしくは、又聞きでどこか間違ってるとかだったりする。

だから討伐クエストも入れるようにはし始めたけど、基本的にはぐだぐだと過ごしていたのだった。

今も目は覚めたもののベッドから起き上がる気力はまだ足りず、ログインボーナスだけを確認する。お、ドラゴンジャベリンって、よさそうだな。

「なあシャルラ、ドラゴンジャベリンにある＋20ってなに？」

「ん、ぷらす？　それは強化値かなぁ。普通のやつより強いんですよ。攻撃力とか素早さとか、ものによって強化されてるステータスは違いますが」

ベッドの中でモゾモゾと動いたシャルラが、ドラゴンジャベリンを確認するために身を寄せてきた。

「あ、ほらここです。やりましたね、純粋な攻撃力強化型ですよ。やっぱり武器は攻撃力が大事ですからね」

誇らしげに言って身体を擦りつけてくる。この前の合同クエストでその攻撃力を遺憾なく発揮し、魔剣として周囲の冒険者から褒められてから上機嫌なのだ。

危険だったこともあるが、前回のクエストではかなりの報酬を貰うことができた。やはり、難度が高いクエストは圧倒的に割がいいのだ。

「いつまでも宿暮らしってわけにもいかないしな……ちょっと頑張ってみるべきかな」

討伐系のクエストをガンガン受けて、家を建てて貯金したら早めに引退するのもいいかもしれない。余生を長めにとって、のんびりと暮らすのだ。

実際、冒険者として暮らすのは、ある程度身体が動くことが前提で、年取ると厳しそうだしな。

「そうと決まれば、飯食ってからクエストに出かけるか」

「本当ですか？　今日はどっちにします？　わたし、魔剣でいいですか？」

「ああ、それなら4か5の討伐にいくか」

最近では一割以上魔力を開放しなければ喘がなくなったので、通常のクエストでもシャルラを魔剣として振るうことができる。

そのおかげで、討伐クエストであってもソロでサクサク進められるようになっていた。

ソロである以上は複数のことを同時にこなしたり役割分担をしたりするのは難しいが、シャルラはまともにヒットすればだいたいの敵を一撃で倒せてしまうのだ。あまり考えなくてもどんどん進んでしまえる。これがもっと難しいクエスト、強い敵となるとそうもいかないのだろうが。

本格的に冒険をするなら、やはりパーティーメンバーは必要だな。理想は新しいメンバーにも、人型魔剣としてそのままのシャルラで振る舞ってもらうことだが、それには「何故そんなものを持っているのか」の説明が必要になる。

岩場から引き抜いたと言ってしまってもいいのだが、あの場所は週に何度か程度は人が出入りしていて、俺が来るまではシャルラは刺さっていなかったのだ。

どこかで一度、未踏のダンジョンに潜るとか、なんかそれらしい言い訳をつけてしまえばいいのだがまだまだそういうところに挑むのは無理だろう。

極レアであるシャルラの入手経路問題はそのうち解決するとして、ひとまず今日のクエストだ。

ギルドへ行って食事しながら考えよう。

† † †

「この町か……」

町の入口で女が呟いた。高めの背に綺麗なポニーテールを垂らしている、凛とした空気を纏う麗人で、その目は鋭く輝いていた。

だが、彼女がもっとも人の目を引くのは、その綺麗な顔ではない。複数の剣を持ち歩くその立ち姿だ。

二本までならよく見る光景であるが、しかし彼女が持つのは七本。長さも形状も様々な七振が彼女の背から突き出ている。まるで仏像の光背だ。

格好も容姿も鋭い彼女だが、今、その表情には童女のように素直な笑顔が浮かんでいた。

彼女――スパーダ・カヴァルカンテは、これからの出会いに胸を躍らせながら、町へと足を踏み入れた。

† † †

ベッドの誘惑を振りほどいてギルド内で朝食をとっていると、なんだか妙にざわついているのを感じた。今日は、ギルドのあちこちで噂話が飛び交っていた。

「スパーダがこの町に来てるみたいだぜ」

「あのソードマスターが？」

「ああ。だけど、一体なんだってこの町に来たんだろうな？」

「リーダーの引退で、パーティーが解散したってのは聞いたけど」

「でも、彼女なら引く手数多だろう？」

「今はソロらしいけどな。自分のパーティーを作るのかな？」

「だとしても、この町か？」

「ないよなぁ……どう考えたって、この町にスパーダと釣り合うような冒険者はいないし」

どうやらすごい冒険者が来るらしいな。ソードマスターってのは確か剣士系の上級職で、特殊な転職条件こそないものの、高いステータスを要求されたはずだ。近づいて聞いてみるか。

前なら考えられなかった積極性で、噂話に興じている冒険者に近づく。

俺も段々とギルド――あるいはマイドガードの空気に感化されてきたのかもしれない。相手が、ギルドで見知った顔だからっていうのもあるが。

「なあ、スパーダってそんなに大物なのか？」

「ああ。なんでも何振もの剣を持ち歩いていて、相手に合わせて即座に持ち変えるらしい。それだけ、剣の知識にも観察眼にも優れてるって話だ」

「確かにすごいな」

単純に剣を複数持ち歩いているだけでも、かなりの力持ちだ。

「いくらパーティーが解散したからって、ここに何の用だろうな？」

「有望な新人を、駆け出しのうちから目をつけるっていっても、限度があるしなあ」

そんな風に噂話をして、彼らと別れる。まあ、俺には関係のなさそうな話だな。それだけすごい冒険者なら一度くらい戦っているところを見てみたい気もするが、そんな機会もないだろう。

とくに大剣の扱いは、見れば勉強になりそうなんだがな。

そう思いながら食事をしていると、ギルドの入口が開く。瞬間、ギルド内の空気が変わり、俺も思わずそちらに目を向けた。

綺麗な黒髪のポニーテール。意志の強そうなキリッとした瞳に、すっと通った目鼻立ち。

立ちふるまいも流麗で、ギルドのカウンターまで歩く姿も目を引く。そして目立つのは七本の剣だ。彼女がスパーダなのだろう。確かに、この辺の冒険者とは空気が違う。あれが上級職のオーラなのか。カウンターで軽く言葉を交わしたらしい彼女が、今度はこちらへと歩いてくる。

……え、なんで？

隣のシャルラに視線を移すと、彼女はまだパフェを食べるのに夢中だった。ちょっと怖そうなスパーダとの対比で、いつも通りふわっとしているシャルラが数割増しで癒やしオーラを放っている気がした。ただの惚気《のろけ》だが。

真っ直ぐこちらに歩いてきた彼女は、俺に目を向ける。

その鋭い雰囲気とは裏腹に、柔らかそうな胸が目を引いた。いや、別に空気も読まず、ただ胸に目を奪われたわけじゃない。複数の剣を背負っている彼女の胴にはそれだけベルトが掛かっているのだ。その結果はもう、パイスラッシュどころではなく、亀甲縛りに近いほど締めつけられ、おっぱいが強調されているのである。露出の多い服装だし、元々大きいこともあってすごい存在感だ。

「あなたがタカヒデか……？」

甘くはない、しかし女性らしい声。

「あ、ああ……」

頷くと、彼女は意外なほど柔らかな笑みを浮かべた。これまでの雰囲気とは違う華やかさに驚く。

俺のそんな様子を気にも留めず、彼女は用件を切り出すのだった。

「『喘ぎの魔剣』を、見せてもらえないだろうか？」

二話　ソードマスター（仮）

「あ、喘ぎの魔剣!?」

スパーダの言葉に反応したのは、隣にいた喘ぎの魔剣ことシャルラだ。

「ああ。タカヒデが持っているというその魔剣に興味があって、尋ねてきたのだ」

「そんな名前じゃないですよっ！」

本人は心外だという風に声を上げているが、大丈夫か？

「うん？　すまんな、噂でしか知らなくて。では、正式名称はなんて言うんだ？」

「うん、わたしはシャル——ああ、じゃなくて、あの魔剣には名前とかないけど、喘ぎの魔剣ではないと思うな〜？」

途中で気付いたのは悪くなかったが、「わたし」と言ったせいで余計不自然になっている。これまで正面切って魔剣に言及してくる人がいなかったから、シラを切るのになれていないのだ。

「すまないが、今はこの場にないし、見せることはできないんだ」

俺は助け船ついでに断る。実はもう目の前にお目当ての魔剣がいるのだが、これ以上ぼろを出さない限り気づかれないだろう。

「何か用があるなら終わってからでいい。場所を変えるならついていく。どうか頼む、魔剣を見せてくれないか」

スパーダが深く頭を下げると、ポニーテールが揺れる。

「どうして、そんなに魔剣が見たいんだ？」

彼女の拠点がどこだかわからないが、噂を聞く限り、この町には本当にそれしか用事がないのだろう。そこまでしているのに断るのはなんだか申し訳ないような気もするが、だからこそなぜ、そこまでシャルラに入れ込むのかは気になるところだ。

もしかしたら、シャルラのこと自体は何も知らないにせよ、なにかしらの意図があるのかもしれない。……というのは、考えすぎか？

「私は剣が好きなのだ。名剣、魔剣、用途の特殊な剣、様々な剣に触れたいと常々思っている。だが『喘ぐ魔剣』なんてのは聞いたことがなかった。だからぜひ、見てみたいと思ってな……」

なるほど。そう語る彼女の目は子供のように輝いていて、そこには邪な企みなどないように思えた。

「どうか、頼む」

彼女はそう言うと席を立ち、床にしゃがみこんだ。土下座か！

「ま、待った！　分かった、分かったから席に戻ってくれ」

別に見せてもよいなと思い始めていたので、それは即座に止める。彼女のような上級職の冒険者を土下座させたなんて、それこそ妙な噂になりそうだ。怪しくて見せられないならそれでも折れたりしないが、どっちにせよ見せるんだから穏便に済ませたい。

「本当か!?」

彼女は顔を輝かせて、こちらを見た。

「あ、ああ……ただ、今はここにはないから改めて待ち合わせをしよう。それでいいかな？」

「ああ！　構わないとも！　ありがとう」

彼女は俺の両手を握りしめて、ぶんぶんと上下に振った。普段から剣を握っているためか、しっかりとした力強い手だったが、それでも女性らしい柔らかさが確かにあった。


一度スパーダとは別れ、改めて町のすぐ外で合流することになった。

他の人に見られないよう、宿に戻ってからシャルラに魔剣の姿をとってもらう。

緋色の剣に姿を変えたシャルラを連れて約束した場所へ向かうと、楽しみを隠しきれていないスパーダがそわそわしながら待っていた。俺の姿を見つけた途端、こちらに駆け寄ってくる。って速っ！

無駄なところで一流のすごさを見た気がした。素早さステータスの無駄遣いだ。

「本当に初めて見るタイプの魔剣だ……オーラからして違うな……」

俺が持つ魔剣シャルラを前にしたスパーダは、感心したような声を出す。

「確かに魔剣は普通の金属とは違う色だったり、不可能な形状をしていることも多いが、これほど見事な緋色や、美しい形は初めてだ」

興奮のためか顔を紅潮させた彼女は、シャルラをつぶさに観察しながらほうっと息を吐く。

「切れ味を見せてもらいたいのだが、いいだろうか？」

「ああ、大丈夫だと思う」

シャルラに目をやりながら、そう答える。

スパーダはすぐ後ろに置いてあった長めの何かを持ち上げた。ただの岩だと思って気にしていなかったそれは、鉄塊だった。持ち手らしきものこそあるものの、しっかりと作られた武器というよりはやはり鉄塊だ。

「並の剣であれば打ち合えるようなものではないが、魔剣なら大丈夫だと思う。どうだろうか？」

「ああ、大丈夫だ」

シャルラの切れ味、耐久力なら魔力を通さなくても問題ないくらいだろう。俺の手の中のシャルラからも、自信が伝わってくる。

ただスパーダが望んでいるのは、他の魔剣よりも鋭いシャルラの切れ味だろう。だから魔力を通す。シャルラの緋色が輝きを増し、その力を開放した。

「ではいくぞ――」

「ああ」

スパーダに頷《うなず》き、剣を構える。振り下ろされた鉄塊と魔力を帯びたシャルラが衝突する。

「んあぁっ！」

「おぉ！」

シャルラの喘ぎ声の直後、スパーダが感嘆の声を上げる。

それは実際に魔剣が喘ぐのを聞いたからなのか、あるいはその切れ味についてか。

鉄塊はバターのように容易く切り裂かれていた。俺の手にもほとんど抵抗を感じさせないほど鮮やかな切れ味だ。

「これは本当にすごいな。想像以上だ……これまでに見たどの剣よりもすごい」

スパーダの熱っぽい視線がシャルラを捉える。剣として褒められたシャルラが小さく震えて喜びを表現した。

「な、なあタカヒデ」

ちらちらと、こちらを窺うようにしながら言葉を続ける。

「無理を承知でお願いするのだが、その魔剣を譲ってもらえないだろうか？　払えるだけのお金は払うつもりだ」

剣士としての腕は、スパーダのほうが俺よりも圧倒的に上だ。普通に考えれば、剣だって彼女に使ってもらうほうが有益だろう。

だが、シャルラには自我があるのだ。そこは彼女の意思次第……いや、そもそもシャルラは俺専用魔剣だと言っていた。俺以外の人だと装備できないはずだ。

「この魔剣は俺専用なので、他の人が持っていてもただの芸術品なんだ」

もちろん、金持ちのなかには美術品として剣を集める者もいる。使うことなく、ただ飾っておくのだ。

だが、剣士であるスパーダは違うだろう。彼女は使うために剣を集めているだろうし、なにかを斬ってこその剣だということも分かっているはずだ。

「そうだったのか……確かに、それだけの力を持つ魔剣だ。そのくらいの制限があってもおかしくはない」

考え込んだ彼女は、おずおずと口にした。

「しかし……やはりもうしばらくは、その魔剣を見ていたい。それがタカヒデにしか扱えないなら、どうか私をタカヒデのパーティーに入れてくれないだろうか？」

「えっ⁉」

予想外の提案に、俺は思わず握っていたシャルラを見た。

上級職のソードマスターであること、今はパーティーが解散してソロだが元々は名の知れた冒険者であること、俺も本格的に冒険者稼業に取り組もうか考えていたこと、そのためには戦力が必要なこと。

様々な条件ができすぎなほどだ。それだけシャルラがすごい魔剣だということなのだろう。

いくらすごい魔剣があるとはいえ、それだけで辺境まで来て、入るパーティーを決めてしまうスパーダはかなり変わっているか猪突猛進型という気はする。

だが、それでもただ強いだけではなく、彼女にはこれまで成功してきた実績がある。

俺としては良い提案だと思う。

そこでパーティーメンバーであるシャルラに尋ねる。

「俺はいいと思うんだが、シャルラはどう思う？」

もしスパーダを入れることに反対なら、このまま黙っていればいい。パーティーメンバーにするなら、シャルラの正体はちゃんと明かす必要がある。

「わたしは、貴英さんがいいと思うなら、それについていきます」

「しゃ、喋った!?　喘ぐだけじゃなく、喋る魔剣なのか!?」

加入を肯定するシャルラの言葉に、スパーダが大きなリアクションで驚いていた。

「伝説だけじゃなく、実在したのか……な、なあ、私も話しかけて大丈夫か？」

「これからよろしくお願いしますね、スパーダ」

「うおぉぉぉ！　すごい！　よろしくお願いします！」

テンションの上がったスパーダが俺の傍に膝をついてシャルラを見上げた。

目がキラキラしすぎてちょっと怖い。本当に剣が好きなのはとてもよく伝わってきた。

「それじゃ、よろしくな、スパーダ。……とりあえず、町へ戻ろうか」

「ああ！　パーティーに入れてもらうなら、これからについても話さないといけないしな」

凛とした印象はどこへやら、子供のように目を輝かせるスパーダとともに町へ戻り、シャルラの
正体を含めて話すことになるのだった。

三話　他の魔剣にはできないこと

二日目ログインボーナス！
●魔剣：シュトラーフェ

「貴英さん！　貴英さんっ！」

「おわっ！」

な、なんだ？

シャルラの声で目を覚ますと、いきなり抱きつかれて驚く。彼女の柔らかな身体が押し付けられるのは気持ちいいが、しがみつく力が強すぎて背中が若干痛い。

「これっ、これを見てください！」

彼女は収納ボックスから一振りの剣を取り出す。なんだこれ？

目の前に出された見覚えのない剣を観察していると、シャルラはそれを俺の目から隠すように、慌てて収納ボックスに投げ込んだ。見せたのはお前だろ。

訝《いぶか》しげな視線を向けると、彼女はボックスを俺から隠すようにして言った。

「今日のログインボーナスです！」

なるほど、どうりで見たことないわけだ。ってなんで俺より先に確認できるんだ？

件の剣を再確認しようと収納ボックスに手を伸ばしたら、シャルラが遮るようにその手を握ってきた。なんとなく手を握り返してしまい、いちゃついてるみたいだ。

「魔剣だなんて……しかも、しかもっ！」

手を握りしめながら言うシャルラはなんだかとても動揺しているようで、よく見れば半泣きだった。

「どうしたんだ？」

ただならぬ彼女の様子に意識も覚醒してきた。

どうやら今日のログインボーナスが魔剣だったらしい。これまでも、剣だけはもってほしくないようだったから嫌がるのは分かる。だが、ログインボーナスで手に入っただけじゃないか。

彼女の柔らかな手にぎゅっと力がこもると、そのまま勢いよくまくし立てる。

「この魔剣、かなり強いやつなんですよ。その、もちろん全体的な性能には、わたしだって自信がありますよ。とくに敵の大群を薙ぎ払うとあれば、シュトラーフェに後れを取ることはありません。でも、でもっ……」

シャルラは不安そうに目を伏せると、きゅっと唇を引き結ぶ。

そしてまだベッド上で上半身を起こしただけの俺に跨がってきた。

至近距離まで顔を寄せつつも、目は伏せたまま合わせずに話を続ける。

「敵単体を切り裂く、という一点においてだけはわたしより優秀なんですよ、この剣……ど、どうしましょう」

どうしましょうと言われても。

チラチラと不安げにこちらを窺う彼女を安心させるように、低めの声でゆっくりと答える。

「別に、シャルラ以外の剣を使うつもりはないよ」

二刀流スキルを持っていたから装備自体は可能だし、用途によって使い分ければ強いのだろうけど、どっちにせよそれだけの判断ができるほど戦闘慣れしていないし、シャルラが嫌がるのをおしてまで使うメリットはない。

「本当ですか!?　わたし、もっとお役に立てるよう頑張りますね！」

彼女はぱぁっと顔を輝かせて、嬉しそうに身体を揺らした。彼女が俺のおなかの上をズリズリと動き、お尻が時折朝勃ちにこすれる。

気持ちよさを隠すために顔をしかめる。そうしないと緩んできてしまいそうだ。

それに気づいたらしいシャルラが、妖しい笑みを受かべながらお尻を上下に動かした。

「まずは他の魔剣には決してできないことで、貴英さんのお役に立ちますね」

そう言って、俺のズボンに手をかけた。

「ちょっとお尻を上げてくださいね。苦しそうなそこ、早く解放してあげます」

彼女に押されるまま、あっさりと脱がされてしまう。待ちきれないとばかりに肉竿が飛び出してきた。

朝だということに加え、先程彼女のお尻で刺激されたことによって、俺のそこはもう最大限に屹立していた。

「朝から元気ですね。朝だから元気なのかな？」

言いながら彼女が肉槍をそっと握る。剛直を包み込んだ柔らかな手が、軽くひねられながら上下に動いた。

「あぁ……」

ひねる動きがカリの裏側を擦り上げて、思わず呻いた。

「いっぱい気持ちよくなってくださいね。はっ、ん……」

竿を両手で包み込み、扱き上げる。

身体を重ねる回数が増えるにつれて、シャルラのスキルが上がっているみたいだ。

俺のどこが感じるかを分かった彼女の動きに、興奮は容易く高められていく。

「先っぽから我慢汁が出てきましたね。はぁ、はぁ……こんなエッチなものを触っていると、私まで我慢できなくなっちゃいます……」

シャルラは手を離すと、下着に包まれた秘部を擦りつけてくる。布地の感触と、その奥に感じる柔らかな女性の部分。そこにはもう湿り気が感じられ、彼女の興奮が伝わってきた。

「あぅ……貴英さん、入れますね？」

返事も聞かずに、下着をずらして肉槍を濡れた入り口へと宛がった。そのまま腰を沈め、勃起竿を飲み込んでいく。

対面座位の姿勢なので、シャルラの大きなおっぱいが胸に押し付けられてひしゃげる。柔らかな感触と卑猥なビジュアルに膣内で竿が跳ねた。

「ん、中でびくんってしました」

熱いくらいの膣内が、ぴったりと吸いついてくる。内襞がペニスを締めつけながら蠢動した。

「はぁ……あぁっ！」

至近距離で彼女が声を上げる。その荒い吐息までも感じられる距離で、シャルラの上気した顔を見ることができた。

「やっ、貴英さんの顔がすごく近いです、そんなに見られたら、んうっ！」

朝だということもあるかもしれない。日が射しているため明るく顔がはっきりと見える。

顔以外の部分もそうだ。薄暗い夜とは違い、彼女のきめ細やかな肌、その身体をはっきりと目にすることができる。そうなると、吐息や体温を感じられるこの密着状態はとても気持ちいいものであると同時にちょっと惜しい気もした。

今度は明るい時間に、もっとじっくり彼女の身体を見ながらしよう。

そう決意して、今はこの密着を楽しむことにした。彼女の体温と吐息をしっかりと感じる。

「それじゃあ動きますね」

俺に跨った彼女が動き始めた。

ゆっくりだが大きく抽送していくので、目一杯腰を上げたときにたわわな果実が目の前で揺れる。

その刺激的な光景を眺めながら、膣内では襞に刺激され続ける。

「はぁ、んっ、あぁっ！　貴英さんの顔も、蕩けてきてますね。わたしの身体で気持ちよくなってるんですねっ」

反応を見ながら腰を前後にも動かし始めた。ただでさえ刺激が強かったのに、このままではすぐにイかされてしまう。

そこで、こちらも反撃に出ることにした。目の前にある白い首に口を寄せる。

「ひゃうっ！　あっ、ダメです、そこは弱ぃんっ！」

首筋に吸いつくとシャルラの身体が跳ねた。それと同時に内襞がきゅっと収縮して、肉槍を締めつける。

その刺激に暴発しかけて、思わず吸いつく力が強くなってしまう。

「ひうっ！　あ、ああっ！　ダメ、貴英さん、んぁっ！　首は、弱いからぁっ……」

性感帯である首を刺激され、昂ぶった彼女が腰の動きを激しくした。

繋がったところでは、ぐちゅぐちゅと体液が混ぜ合わされる卑猥な音が響いている。

まだ朝だというのに激しく交わっていることに背徳感が湧き上がってきた。しかしその背徳感も、もちろん興奮材料だ。

「あっあっ……貴英さんの、中で大きく膨らんできてるっ！」

「ああ、もう出そうだ」

その言葉を聞いた途端、シャルラの腰使いが激しさを増した。

上下の抽送に加え、前後左右に腰を振る。

座ったままというやや不安定な姿勢にもかかわらず、倒れることなく肉竿をもみくちゃにしていく。

「あっ、ぐっ、もう出るっ……！」

彼女の中に激しく射精した。迸る精液がシャルラの膣内を白く染めていく。

「あぁっ！　貴英さんの子種が出てますっ、ん、うぁっ……！」

「シャルラ、待て、今出てるところだから、うぁっ」

射精中もシャルラの腰は止まらず、むしろ中出しに興奮してか、さらに激しくなっていった。

快感に快感が重なり、俺の肉槍はビクビクと震えながら次々と精液を吐き出していく。

「あっあっ、わたしも、イク、イクイクッ、あぁあああぁぁぁあっ!!」

俺の身体に強くしがみつきながら、シャルラが絶頂した。

射精直後の肉竿をきつく絞り上げられ、残っていた精液もすべて搾り取られる。

シャルラはそのまま、ぐったりともたれかかってきた。

「ね、貴英さん」

「どうした？」

彼女は抱きついたまま、至近距離で声をかけてくる。

そしてまだ挿入状態の腰を動かし、戻りかけた肉槍を刺激してきた。再び興奮が湧き上がってくる。

「今のは魔剣としてお役にたった分なので、次はそういうの抜きでしてもいいですか？」

すぐ近くで見つめられて顔が赤くなるのを感じた。肉槍のほうも、もう復活して準備はできている。

「ああ、分かった」

じゃあ次はこちらからだ。

挿入状態は維持したまま、身体をひっくり返して彼女をベッドに押し倒す。

そしてそのまま二回戦に突入したのだった。

四話　いざ、次の町へ！

「それにしても驚きだな」

スパーダはシャルラを見て、改めて呟いた。

昨日、町へ戻ってからシャルラについて明かし、今後のことについて話し合った。

人型の魔剣なんて聞いたことがない、という彼女だったが、シャルラが目の前で姿を変えると信じざるを得なかったようだ。

それでも衝撃は大きかったらしく、一晩たった今でもこうして不思議そうにシャルラを眺めていた。

話し合った結果、俺たちはもっと稼ぐために町を出ることにした。スパーダという強力な味方もいることだし、この町でいくつも細かなクエストを受けるよりも、ある程度の難易度があるクエストを少なめに受けるほうが疲れも出ずに結果として安全度が高い。そしてお金になる。

とはいえ、魔剣としてのシャルラやスパーダこそ強いものの、俺やシャルラのレベル自体はまだあまり高くない。

そのため最初から飛ばしすぎず、まずはほどほどの町へ出て稼ぐことになった。

急な話だったことと互いの地位《ランク》を考えて、形としては俺がスパーダの作るパーティーに入ったことになったので、この前のような壮行会は開いてもらわずにひっそりと町を離れることにした。冒険者を引退できるほど稼げたら、またここに戻ってくるのもいいな。

馬車に乗った俺たちは次の町を目指す。

「シャルラ様が、あの切れ味鋭い魔剣だとは……」

魔剣への尊敬が強すぎるのか、何故かスパーダはシャルラを様付けで呼んでいた。

しかし、その手はシャルラの頬を不思議そうに撫でている。

「こんなにもちもちすべすべの肌なのに、鉄塊を斬り裂いてしまうなんて」

「ちょ、ちょっとスパーダ」

抵抗し身をよじるシャルラを抱え込んでスパーダがいじり回している。美女同士のいちゃいちゃは見てて楽しいものだ。

「二の腕だって、こんなに細いのに」

「あっ、ちょっ、んんっ」

身体を撫で回されてシャルラが声を上げる。

これ、スパーダが美女だからぎりぎり許されている光景だが、かなりセクハラチックだ。

彼女の手がシャルラの身体を這い回り、あちこち触れていじり倒している。

「だけどここは暴力的だな」

「あっ、ちょっとスパーダ！」

彼女の手がシャルラの大きな胸の膨らみに伸びて、優しく持ち上げるように揉んでいた。

胸を隠そうとしながらも、押されているシャルラは妙にセクシーで見惚れてしまう。っと、そろそろ助けないとな。

「なあ、スパーダ」

「うん？　タカヒデもシャルラ様に癒やされたいのか？」

こちらに意識を向けて手が緩んだ隙に、シャルラが脱出して俺の後ろにしがみついた。先程まで揉まれていた柔らかな場所が、俺の背中でふにふにと潰れている。スパーダも無理に追おうとはせず、そのまま俺に意識を向けていた。

今朝のログインボーナスで手に入れた魔剣——シュトラーフェを取り出した。

これはシャルラのような人型で喋る特別製ではなく、ただ魔力を帯びた強い剣、本来の魔剣である。意識を持つこともなく、あくまで物は物だ。だから、人に譲ることも抵抗がない。

「もしよかったらこの魔剣を貰ってくれないか？　俺にはシャルラがいるし、何本も使い分けられるほど器用じゃないから」

黒い鞘に入った、刀身まで黒い片手剣。それをスパーダに渡すと、彼女は目を見開いて俺を見た。

「ほ、本当にいいのか？　だってこれ、すごい強さを感じるぞ……」

両手でうやうやしくシュトラーフェを受け取ったスパーダは声が震えていた。昨日、シャルラを買い取りたいと言ったときとはえらい違いだが、切れ味を見た直後の興奮が影響してるのかもな。

あとは対価の問題か？　買い取りなら対等な取引だが、贈与は一方的だからな。

「ああ。これからはパーティーとして一緒に頑張っていくんだし、スパーダに使ってもらったほうがその魔剣も喜ぶだろ」

「ありがとう！」

興奮気味に言ったスパーダは、その魔剣を抱きしめる。

大きな胸がぐにぐにと形を変え、そこに包まれた魔剣に羨ましさを感じた。

彼女は鞘から剣を抜くと、その光を呑むような漆黒の刀身に見惚れ、剣の腹を指で撫でる。

「ああ……素晴らしい……」

その目はとろんと潤んで、頬が桃色に染まっている。

息も荒くなり始め、発情しているかのようにうっとりとシュトラーフェを見つめていた。

「早く試してみたい……はぁ、ンッ」

エロい吐息を漏らしながら、魔剣に頬ずりを始める。あれ、斬れたりしないのだろうか。

その明らかにやばい様子に、隣のシャルラに小声で尋ねた。

「なあ、あれ魅了の呪いとかついてるんじゃないのか？　迂闊に渡して大丈夫なものだったのか？」

どう見ても普通じゃないスパーダの様子に、シャルラも若干引いていた。

だが、彼女は冷静な声で答える。

「そんなことはないですよ。あれはスパーダが剣フェチの変態なだけです」

「ああ……」

まあ、そんな素振りは昨日から見せていたけど。ここまですごいとは思っていなかった。

「この色艶、この冷たさ……こうして触れているだけで、強い魔力に切り裂かれてしまいそうだ……」

彼女は荒い息を吐きながら、魔剣に頬ずりを続けている。最初は凛とした頼れるソードマスターという印象だったが、今は見事なまでに残念な美人と化していた。

だけどここまで喜んでもらえると、こちらとしても嬉しくなってくる。

「スパーダは本当に剣が好きなんですね」

同じ剣として嬉しいのか、開放されたからなのか、シャルラもスパーダを見ながら楽しそうに呟いた。

そのあとも魔剣に夢中になりっぱなしのスパーダとともに、新たな町を目指すのだった。


「そういえばタカヒデ、今までシャルラ様とふたりだったのは魔剣のことを隠していたからなのか？」

ようやく正気を取り戻したスパーダが、切り出した。

「ああ、そうだな」

シャルラのような人型魔剣がレアであることは出会ってすぐに聞いていた。それなら、変に目立つよりもひっそりとしていたほうがいいだろう。俺は別に特別な冒険者になりたかったわけじゃなくて、ただ生活していく必要があったから冒険者になっただけだ。

その方針も今は少し変わって、落ち着いた暮らしのために多少目立っても手早く稼ごうと思っている。

「ふむ。それならメンバーを増やしてもいいかもしれないな」

「メンバーを増やす？」

スパーダは頷くと続ける。

「もちろん、信頼できる人間でないといけないから、誰でもというわけにはいかない、選ぶのに時間がかあるかもしれない。だが、近いうちに必要になるだろう」

そこで馬車の中を見回す。そこにいるのは当然、俺とシャルラとスパーダだ。

「前衛職ばかりだろう？　魔法戦士のタカヒデも攻撃寄りでサポートがいない。後衛のサポート型をひとりは入れないと、難易度の高いダンジョンは難しい。回復役なしで挑むのは無謀すぎる」

元々一人かシャルラと二人のつもりだったから、俺はレベルが上がるたびに攻撃魔法を中心にスキルを選んできていた。回復は確かに一人は必要だ。

「まあ、しばらくは戦力的に余裕のあるところを回ればいいが、収入の効率を考えるならある程度はレベルの高いところにいけるようにならないといけないな」

スパーダはそう言うと、急に気になったのかまたシュトラーフェを鞘から抜く。その瞬間、彼女限定の魅了が発動して顔が蕩けた。

「ああ、シュトラーフェ様は美しい……」

自我の有無は関係なく、魔剣には様をつけるみたいだ。

剣を前にうっとりとするスパーダは、端から見ていると大分危ない。

それにしても、後衛か。

これまではあまり連携や戦略を考えずにやってきた。でも、本格的にパーティーを組むとなれば、そういうのも必要なんだ。

これまでとは違う冒険が少し楽しみになってくる。

目的の町は、もうすぐそこだった。

五話　町に着いたらまずすべきこと？

たどり着いた新たな町は、始まりの町に比べると大分発展していた。いくつか途中の町を飛ばしてきているので、国の中央にも近い。しばらくはここを拠点にすることになる。

「新しい町に着いたら、まずすべきことがあるのだ」

「すべきこと？」

馬車から降り、町を歩き始めるとスパーダが訳知り顔で言った。彼女のほうが冒険者としてずっと上だ。そのアドバイスは気になる。

「それは武器屋を見ること。装備のランクで周辺のモンスター、ひいては冒険者の実力も分かるのだ」

「なるほど……」

冒険者は基本的に、実力にあった場所で暮らす。それが一番儲かるからだ。当然、中にはあえて低いところへ行って楽しようとする者もいるが、冒険者なんて職業を選んでいる以上、どちらかと言えば無茶したがりが多い。

装備は値段との兼ね合いがあり、周囲のモンスターに合わせてあるというのも納得だ。

始まりの町で最強装備を売ったところで、高すぎて誰も買えない。攻撃力や防御力が高くて困ることはないが、装備にかけられる資金は有限だ。最初の町では近くで稼げる額も少ないから、装備のために地道に貯金するといったって限度がある。

「そう考えると、装備で周辺のレベルが分かるってのは理にかなってるな」

「だろう？　それに、珍しい剣が売っている可能性があるからな。わくわく」

「うん？」

今明らかに私情が入ったような。見れば先程までの真面目な顔はどこへやら、スパーダの顔には新たな剣に対する期待が湧き上がっていた。

「まあ、納得できる部分はあったからいいか」

「わたしは装備に興味ないから、先に宿に行ってますね」

「ああ、分かった」

自身が魔剣であるシャルラは、装備品にとことん興味がない。以前はしがみついてまで止めてきたのに、今日は冷静だ。魔剣をスパーダに譲ってしまうくらいだし、俺が彼女以外の剣に興味がないのももう分かっているのだろう。目が合うと一応、という感じで彼女が口にした。

「あ、でも剣だけは買っちゃダメですからね！　買うなら飛び道具か鈍器にしてくださいね！」

「俺、魔法戦士なんだが……」

「どっちにしてもスパーダが一緒にいれば大丈夫だとは思いますが。目ぼしい剣は彼女のもとへ行くはずですし」

そんなシャルラに見送られながら、スパーダとともに武器屋を目指した。

「やはり武器屋は素晴らしいな。こんなにもたくさん剣がある」

真っ先に剣コーナーへ向かい、そこから動く気配のないスパーダが楽しそうに言った。周囲のレベル調査はどうなった？　既に八本の剣を背負っているスパーダは、もしかしてまだ買うつもりなのだろうか。気配を察したのか彼女は振り向くと残念そうに首を振った。

「流石に、欲しい剣すべてを買っていたら荷物が持ちきれなくなってしまう。だってほら、同じ種類の剣だって一つ一つ違うのだ。作り手が違えばクセも違う。作り手が同じでさえ、わずかな違いはある。その違いがなじむ、なじまないに関わってくることもあるのだ」

熱弁するスパーダに、俺のような収納ボックススキルがなくてよかったと思う。もしあったら彼女は即座にそこを剣で埋めるだろう。いくらスパーダが腕のいい冒険者でも、片っ端から名剣を買えるようなお金はないはずだ。それでも買おうとするだろうが。

「いや、私だって自分の財布くらいは把握しているさ」

大量に背負っている剣を除けば軽装の彼女は、自信満々にそう言った。

「……そういえば、スパーダは防具って身につけないのか？　鎧とか」

もしかして剣に金をかけすぎて、防具を買う金がないというオチではないだろうか？

だが、スパーダはやれやれと首を振った。

「いいかタカヒデ、鎧なんて着ている余裕があったら、もう二本は剣が持てるんだぞ？」

思ったよりもダメだこいつ！

金の問題じゃなく、根本的に鎧を着るつもりがない。

それも戦闘スタイルやパーティーバランスが理由じゃなく、剣を持つために、だ。

上級職という話につられて勝手に有能だと思いこんでいたが、本当に大丈夫なのだろうか……。

「鎧を着ないからこそ、まだ剣が持てるのだ！」

そう言いながら、スパーダは再び陳列されている剣に目を戻した。

言いたいことはいろいろあるけど、その姿が楽しそうだしまあいいか。

剣ばかり背負うその奇怪な姿もあって、店主もかなりスパーダの背中を得物たちを見ている。

俺は愉しそうな彼女に付き合って、しばらく買い物に付き合った。


……本当に剣が好きなんだな。

他のコーナーもぼんやりと見始めた俺をよそに、彼女はずっと剣のコーナーを眺めていた。

一気に町を移動したせいもあって、全体的に値段設定は高めだ。それだけ強力な敵が出てくるということなのだろう。スパーダが入ってくれたことで、メインの物理火力は彼女に譲る形になる。

俺は魔法火力がメインになりそうなので、ついでに杖を見にきたのだ。

模様や宝石の入った魔法用の杖は、装備することによって魔法の威力がある。

なにかいい杖があれば、と思ったのだが、どれも高かった。確かに性能はいいのかもしれないが、今すぐ手を出すのは危険だ。もう少し余裕ができてからにしよう。

「お嬢ちゃん、本当に剣が好きなんだな」

「ああ、剣は素晴らしいな」

店主に声をかけられてスパーダが応じていた。

「最初は変わった格好だと思ったが、よく見れば差しているのもすべて業物ばかりだ。それも飾りって感じじゃない。ちゃんと使われてる」

「ああ、剣は使ってこそだからな」

スパーダが誇らしげに答えると、店主も頷いた。

「そういうのが好きなら、奥から一振持ってこよう。この辺で売れるものじゃないから普段は出していないんだが、せっかくだから見ていってくれ」

そう言って店主が奥へ引っ込むと、スパーダが素早く駆け寄ってきた。

「タカヒデ、なんか店主がいい剣を見せてくれるらしいぞ。はやくはやくっ」

ウキウキとそう言いながら俺の手を掴んで引っ張った。剣の良し悪しは見ても分からないのだが、勢いに押される形で一緒に見せてもらうことにした。

「これだ」

そう言って出されたのは背の高い両手剣だ。竜の文様があしらわれている、磨き抜かれた刀身。全体の長さに相応しく柄も長くとられた大剣だった。

「これはすごいな」

「ああ。名はリンドブルム。竜から作られた対生物用の両手剣だ」

「これは……ちなみにいくらくらいだ？」

「うん？　ああ、流石に売れるとは思ってないんだが、この剣は金貨七百枚だな。これでも端数を切ってるくらいさ。もっともっとモンスターの強い地域ならなんとか売れるかもしれないが、この辺りじゃ無用の長物と言わざるを得ない。こうして眺めるくらいさ」

「七百枚か……」

スパーダが低く唸った。

かなりの大金だ。普通の剣は金貨十枚で買える。スパーダの持つ剣は全体的にもっと高いだろうし、もし魔剣であるシュトラーフェを売ればもっとするのかもしれない。縁のないほどの大金で相場はよくわからないが、少なくとも金貨七百枚なんてものは見たことがなかった。

「少し待っていてくれないか？」

スパーダがそう言うと、店主は驚きの声を上げる。

「待つのは構わないが、買うつもりか？　ま、待て。自分から見せておいて言うのも変な話だが、七百なんて大金は冒険者が持ってる額じゃないし、剣に払うものでもない。最前線にいる人間が、こだわりや見栄だけで持つような代物だ。確かに切れ味や作りは素晴らしい。それは保証しよう。だが性能だけが似たような剣ならもっと安く手に入る。それに、いくらしたのか知らないが、今お嬢ちゃんが持っている剣、これより性能がいいだろう？」

落ち着かせるような店主の言葉に、スパーダは小さく首を振る。

「確かに似たような剣は他にもあるだろう。ただ汎用で振り回して強い剣なら、もう持ってるかもしれない。だけど、この剣はこの剣しかないのだ」

スパーダはリンドブルムを真っ直ぐに見つめ、そう言った。

その横顔はとても凛々しく、初めて会ったときの印象を彷彿とさせる。店主がごくりと唾を飲んだ。

「わ、分かった。そこまで言うなら売ろう。とはいえ、そんなお金持っているのか？　お嬢ちゃんの気迫、剣への愛に免じてある程度の値引きなら構わないが、それでも限度があるぞ？」

「ああ。ちょっと数えてみる。たしか、ちょうどあるはずだ」

そう言うとスパーダは荷物袋の中から六枚の白金板と金貨の入った袋を取り出した。

「白金板!?　お嬢ちゃんは貴族なのか!?」

見たことも聞いたこともない名前に、驚くことすらできない。ただ、店主の驚きようや、スパーダが六枚出したこと。金貨自体は百枚以上はなさそうなことから、あれ一枚がおおよそ金貨百枚分なのだろうな、と予想した。

「いや、こだわりや見栄をはりたがるただの冒険者だ。最前線とまではいかないがな」

店主は再びつばを飲み込み、金貨を数え始めた。


「いや、予想外の収穫があったな。これは本当にありがたい」

明るく言いながらスパーダが大剣を抱きしめて歩く。結局、金貨二十枚ほどは足りなかったのだが、まけてもらって購入することができたのだ。二十枚というのも結構な額なのだが、店主は気前よく値引きしてくれた。こうして九本目の剣を手にした彼女と、宿へと向かう。

明日はこの街のギルドへ行って登録し、本格的に冒険を始めるのだ。

六話　ふたりとの夜（健全？）

「タ、タカヒデ……」

「ん？」

宿について、既にシャルラに取ってもらっていた部屋へ向かおうとしていた俺の裾を、スパーダがつまんで引っ張った。

「困ったことになった……」

一瞬どうしたのかと思ったが、声をかけられたのがまさに宿を入ったところで、先程の買い物を見ていたのでなんとなく察した。

「宿代がないのだ……」

だろうな！

スパーダは顔を伏せて小刻みに震えている。それが羞恥なのか恐怖なのかわからないが、さっきまでの上機嫌を知っているだけに憐れみを誘う。思い返せば全財産をはたいて剣を買っていたからな。

「い、今すぐギルドに行って、クエストを受けることはできないだろうか」

もう日も暮れかけている。受付はぎりぎり行えるかもしれないが、急いでクエストを終えて戻ってくる前に窓口も閉まるだろうし、そうすれば支払いはどの道に明日になってしまう。そもそも残っ

ているクエストだって夜を越すようなものばかりだろうし、今すぐ宿代を手に入れるのは難しいだろう。

しかもスパーダは荷物のほとんどを剣、残りを回復アイテムや最低限の必須アイテムで固めているため、テントなどの野営セットすら持っていなかった。

「報酬を受け取るのはどっちにせよ明日だから、今日の宿代は無理だろうな……」

状況を理解したスパーダは顔を上げる。その顔は大分落ち着いて見えた。

「ま、まあ、一日くらいは野営の見張りだと思えば大丈夫か。ちょっと人の視線が痛いくらいだ」

「いやいやいや待て待て。流石にそれはまずいだろう」

ただ広い草原の中ならそれも冒険者として仕方ない気がするが、ここは町中だ。流石にそれはない。

スパーダはパーティーメンバーだし、買い物は俺も一緒にいたのだ。全財産使っているときに横にいて、気づかなかったのは俺も同じ。少しは責任も感じている。

どうせ明日になればクエストで稼げるのだ。今日立て替えればいいだけ。俺は財布を開いた。

なるほど！　ログインボーナスの宝石類さえ……換金できれば……！　もういっそ砕いて価値を落として売ってやろうか……！　そうも思うが、今はとにかく野宿を諦めさせよう。

「ちょっと狭いかもしれないが、俺たちと同じ部屋でよければこいよ。流石に外に寝かせるのは気が引ける」

「いいのか!?」

ぱぁっと顔を輝かせたスパーダがこちらを見上げる。俺の裾を掴んだままということもあって、なかなか破壊力のある表情だ。

「ああ」

照れくさくなって顔をそらしながら答えると、スパーダを伴って部屋へ向かうのだった。

「やっぱり風呂は癒されるな……」

この宿には大浴場があった。これまでは風呂のない宿で暮らしていたので、久々に湯船に浸かった気がする。風呂の良さを改めて感じつつ、のんびりと過ごした俺は部屋に戻ってひとりごちた。

「金を貯めて、風呂のついた家を買おう」

いっそ、ログインボーナスで家をもらえないかなとも思ったが、場所を選べないのも厄介だし、それこそ風呂がついているかどうかはわからない。のんびり目指すか。これまでよりは頑張るつもりだが、そうは言っても馬車馬のように働くつもりはない。

レアアイテムらしきものも結構手に入ってるし、あとは販売ルートだけ確保できれば楽々暮らせるんだけどなー。

しかしログインボーナスはランダムなので、自分で商売を起こすのは難しい。仕入れが安定しないからだ。信用度が上がって簡単に売却ができるとか、商人とパイプができるとかあればいいんだけどな……。

「貴英さん、ただいまです」

同じく風呂へ行っていたシャルラとスパーダが戻ってきた。ふたりとも湯上がりで肌を上気させている。そして剣を担いでいないスパーダは、思っていたよりもかなり細身だ。

「どうかしたか？」

「いや……」

視線に気づいた彼女が軽く首を傾げる。曖昧に首を振ってごまかした。

「そろそろ寝ましょうか」

馬車での旅が続いて疲れていたし、明日からはクエストだ。今日は早く寝るのもいいかもしれない。

三人並んでベッドに入るとき、なぜか俺が真ん中だった。

壁側にシャルラが、落ちるかもしれない部屋側にスパーダがついた。本来なら俺がそこでよかったのだが、スパーダとしてもそうはいかないらしい。

灯りを消し、眠りにつく。豆球のようなものはないから真っ暗になりそうだけど、月や星の明かりがさすので薄暗いながらもちゃんと周りを見ることができる。

左右では、美女たちが無防備な姿で眠りにつこうとしている。ベッドの中ということもあり、警戒心はゼロだ。ふたりの体温を感じ、俺が戸惑うなか、両側からはあっさり寝息が聞こえ始めた。

お前ら寝付きよすぎません!?　もっとこう、警戒心とかないの？　とくにスパーダ！

シャルラはまあいい。俺のものだと自称しているし、たとえ隣で寝ていて欲望むき出しに襲いかかったとしても今さらといえば今さらだ。

「ん……うぅ」

だからこうやって、寝返りをうって俺と身体が触れ合って、ゆるんだ襟からは胸元が覗いて、しかも横向きで腕に押しつぶされているからかなり強調されているそこが俺の理性を溶かしてしまったところでいいのだとしよう。

でも悔しいのでイタズラとして、俺を誘惑する柔らかいところをつついてみることにした。

……彼女の唇を軽くつっつっつく。日和ったわけじゃない。理性が欲望に勝ったのだ。

「あむ、ちゅぅっ……」

「あ、こら」

唇をつついていると、シャルラがそれを咥えてしゃぶりだした。

吸いついたり舐めてみたりと、俺の指が彼女の口内で弄ばれる。細長いものを舐める彼女の行為が口淫を連想させて、俺の欲望をさらに昂ぶらせた。完全に自爆だ。

「あ、ふぅんっ……」

今度はスパーダが逆側から抱きついてくる。

落ちないためになのか、かなりしっかりとホールドされて、その大きなおっぱいが俺の身体にバッチリと当たっている。柔らかくひしゃげるその感触は、俺の眠気を覚ますのに充分だった。

「待て、ぐっ……」

それに足をガッチリと絡めてくるので、彼女の太ももがズボンの膨らみに当たっている。

「ん、うぅ……」

モゾモゾと彼女が動くたびに敏感なその部分が刺激され、俺は悶えることになった。

「はぁ、う……」

「ん、うぅ……」

両側から美女の吐息。彼女たちは無防備に眠り、魅力的な身体をぐいぐいと押し付けてくる。

当然、こんな状態で眠れるわけがない。生殺しの夜は、まだまだ長そうだ。

† † †

なんとか朝を迎え開放されたが、結局あまり寝られていない。

刺激されてばかりだった俺は寝不足で、いろんなところを充血させながら目を覚ます。

ベッドを出るふたりを見送ってから、ログインボーナスを確認し——


七日目ログインボーナス！
●マムシドリンク×10

「ゆうべはおたのしみ……じゃないからな！」

イメージ上のウインドウメッセージに蹴りを入れた。

このログインボーナス、実は意志があって俺をからかっているんじゃないか？

「どうしたの？」

出かける支度をしていたシャルラが、いきなり空中を蹴った俺の奇行を尋ねてくる。

「いや、ちょっとぼーっとしてたから、目を覚まそうとしただけだ」

さっさとクエストを終わらせて、今日こそは早く寝よう。

七話　バーサーカー

翌朝、ギルドへ向かって登録を済ませた俺たちは、稼ぎのいい討伐クエストへ向かった。

ちなみにマムシドリンクは半分売っぱらって朝食代になりました。意外と高値で、かつ売りやすい商品だったので、地味に当たりだったかもしれない。嫌がらせじゃなかったのかもしれないな。

討伐対象はブルーブル七体。名前は震えていて弱そうだが、そのまま青い毛の牛だ。

人間に限らず獲物を見つけると一直線に突進してくるモンスターで、攻略法はシンプル。

突っ込んできたところを受け止めるか躱すかし、横や後ろから攻撃する。

シンプルだが難易度はそれなりに高く、避け損なうと危険だ。頑丈なタンク職なら受け止めることも可能だが、さもなければ轢かれて大怪我だろう。

改めてよく見ると、このパーティーは……。

俺――魔法戦士なので軽装。杖と槍の二刀流。
シャルラ――当然軽装。攻撃手段すら素手。
スパーダ――今回は二本しか持っていないが、いつもは剣ばかり背負っているので強制的に軽装。

見事なまでに防御力に乏しい。半前衛、前衛、前衛なのに全員攻撃寄り。控えめに言っても脳筋パーティーだった。いや、一般的な脳筋のほうが防御力ありそうな分マシだろう。

シャルラが魔剣になっていると、もう剣をぶん回すふたり組でしかない。

「しかし武闘家のシャルラでは危険だな。今日は魔剣でいくか」

「はいっ。おまかせ下さい。やられる前にやればいいのですっ！」

なんとも頼もしく脳筋な言葉とともに、シャルラが魔剣になって手に収まる。

待てよ、シャルラは離れていても手に戻ってくるんだよな。そして攻撃力はとても高い、と。

「あれ？　なんか今、わたし嫌な予感がしたんですけど！」

「本当か？　じゃあ気を引き締めないとな」

「いや、そういうのじゃなくて、なんかもっと身近な危機というか、ちょっとした不幸というか、冗談で済ませられる不遇というか……」

なんだかよく分からないことを言い出したシャルラを担いで、ブルーブルの生息地域へ向かった。

「いたな」

一頭目のブルーブルは簡単に見つかった。距離は遠く、まだこちらに気づいている様子はない。

「どのくらい効くか、魔法をぶち込んでもいいか？　無意味に気づかれるだけかもしれないけど」

「ああ。どのみち有効な遠距離攻撃の手段はないし、構わないぞ」

スパーダに許可を取ってから、杖を構える。

使う機会は少ないけど、地味に着々と扱える魔法も増えているのだ。

「フレイムアロー！」

炎系中級貫通強化型魔法。その名の通り炎でできた矢が敵に向けて飛んでいく魔法だ。

ビュン、と風を切ってブルーブルの元へ一直線に飛んでいく。

炎の矢は狙い通り命中するものの、肉を貫通することは叶わず、毛と皮膚を焦がしただけだった。

「ごめん、全然ダメだった」

思っていた以上に効いていない。町を幾つか飛ばして移動したから、俺の魔法の実力じゃ威力不足みたいだ。

攻撃でこちらに気づいたブルーブルが前足で地面を掻いた。突進の予備動作だ。

じゃあ、二つ目の遠距離攻撃を試してみよう。走り出す瞬間の的をめがけ、投擲の準備に入る。

「あっ！　それはダメですよ貴英さんっ！」

「グン……グニル――――！」

自動で手の中に戻るという伝説の槍の名前を叫びながら……シャルラを投擲する。

「あぁぁぁぁぁ！　ひ、ひどいですっ、わたしを投げたこともだけど、他《こ》の武器の名前を呼ぶところがぁぁぁぁぁぁ！」

絶叫しながら飛んでいくシャルラが、狙いを違わずブルーブルに突き刺さる。

今まさに走り始めた巨牛は、額を貫かれて絶命した。

切れ味鋭いシャルラは、その鍔までをきっちりブルーブルの身体に埋め込んでいた。

「やっぱり、すごいな」

すぐに粒子になったシャルラが俺の手の中に戻り、再び人型になるとそのまま掴みかかってきた。

「どういうことですか！　貴英さん」

「すまん、どうしても一度やってみたかったんだ」

中二病の名残だ。必殺技っぽいものを叫びながら、派手な攻撃をしたかった。

「やってみたかった!?　なんですかそれ、それに誰ですかグングニルってぇっ！」

そっち!?

ガクガクと頭を揺さぶられながら、シャルラの詰問を受ける。

「投げたことはまだいいとして、他の武器《こ》の名前を呼ぶってどういうことですか浮気者ぉおっ！」

「ごめん、分かった、悪かったよ。今後は無言か、シャルラの名前を叫びながら投げるから」

謝るとシャルラは機嫌を直してくれて、俺を離す。

「それならまあ、いいです。……うん？」

頷いたあとに首をひねっていたが。

「次は私の番だな……シュトラーフェ様の切れ味を試すとしよう」

新たに現れたブルーブルに、スパーダは正面から突っ込んでいく。

ブルーブルと同じか、もしくはそれ以上のスピードで駆けるスパーダが、標的と交差する。

すれ違った互いが足を止める。一瞬の静寂。

スパーダが血払いをしてシュトラーフェを鞘に収める、キンッという軽い音。

その瞬間、ブルーブルが崩れ落ちた。

「恐ろしい切れ味だな……」

しみじみと呟くが、恐ろしいのはスパーダの反応速度だ。

交差する刹那、最小限の動きで突進を避けそのまま斬撃を放つ。

言葉にすれば簡単だが、一歩間違えば正面衝突だ。

技術も度胸も足りず、俺には真似できない芸当だろう。

「集まってきたみたいだな」

見ると三頭ほどのブルーブルがこちらに気づき、攻撃態勢に入っている。

「三体か。一気に来られるとまずいな」

そう言いながら、スパーダが駆ける。相手が動き出すよりも速く一頭に近づき、剣を振るった。

一刀のもとに斬り伏せられるブルーブル。そこに二頭目と三頭目が迫っていく。二頭同時は流石に厳しいだろう。

「いくぞ、シャルラ!」

その片方へシャルラを投擲。風を裂く魔剣がブルーブルの横っ腹に突き刺さる。

標的に集中したスパーダが、最後の一頭を斬り伏せた。

スパーダの活躍によって、そのあともブルーブルは難なく狩り終えてクエストは成功した。

「戦闘になると突っ込んでばかりですまない。フォローしてくれて助かったよ」

ギルドの酒場で夕食をとっていると、スパーダにそう切り出される。

酒場はクエスト終わりの冒険者たちで活気に満ちていて、あちこちから威勢のいい声が飛び交っている。

「いや、むしろ先陣を切って敵を倒してくれて、ありがたいくらいだ」

彼女が素早く敵を切り崩してくれるおかげで数が減る。モンスターの大群に取り囲まれるリスクがぐっと減るのだ。人数不利が長く続くと、それだけ打開が難しくなる。

「そう言ってもらえると嬉しいな。バーサーカーだから扱いにくいとは思うが、これからもよろしく頼む」

「ああ。こちらこそ……ん？」

今、バーサーカーって言った？　ソードマスターじゃなかったのか？

バーサーカーも上級職で、かなり強いのは確かだ。ステータスの特徴自体はソードマスターと近く、攻撃力があって防御があまりない。

「スパーダってソードマスターじゃなかったの？　ほら、そんなに剣いっぱい持ってるし」

シャルラが正面から問いかけると、スパーダは深く頷いた。

「シャルラ様。ソードマスターは剣を扱うプロフェッショナルです。彼らにとって剣は扱うもの。或いはそれこそ自分の延長です。剣に振り回されて、『剣たくさん持ちたいから鎧着ない』などといった頭のおかしいことは言いませんよ」
おかしい自覚はあったのか……。
「貴英さん、スパーダは冷静におかしいですよ」
「俺やシャルラも、まともかって言われると返答しにくいしなぁ」
類は友を呼ぶ、というか。
変なのは確かだろうけれど、悪い感じはしない。
攻撃力偏重だし、後衛はいないし、戦術はないに等しい。
明らかに滅茶苦茶なパーティーだ。
だけどなんだか楽しい。
こういう気軽さ、型にはまらなくていいのも冒険者の良さかもしれない。
そんなことを考えながら、ジョッキをあおった。

八話　物欲が薄くても喜ぶものは……

「シャルラ様、相談が……」

「どうしたの？」

宿の一室。貴英は不在で、少女ふたりだけがいた。

この町に着いてから、しばらくが過ぎていた。

順調にクエストを重ね、最近はパーティーとしての動きも様になってきた。といっても、スパーダが突っ込むのを援護するという、最初と同じ作戦だが、そのときの呼吸や判断が自然と合うようになってきていた。

貴英が元々持っていた方針の「のんびり」というところも活かされ、休みの日もそこそこに多い。

今日も休みで、貴英はどこかへ出かけていた。

クエストもちゃんとこなしていたことで、お金には余裕もできている。しかし、自分だけ別の部屋というのが寂しく、結局スパーダは未だに貴英の部屋にいた。

今ではすっかり、三人で部屋を使うことに慣れてしまっている。

最初は緊張したり、朝起きると貴英に思いっきり抱きついていたりしてびっくりしたのだが、今ではそうして寝ると安心するくらいになっていた。

「面倒もかけっぱなしだしな。なにかお礼をしようと思うのだが、なにがいいのだろう？　シャルラ様はタカヒデの好みを知ってそうなので、聞かせてほしいんだ」

「貴英さんの好きなもの？　うーん、なんでしょう？」

シャルラが首をひねる。貴英が好きそうなもの、欲しがりそうなもの。

「貴英さんは楽にのんびり暮らすのが目標だって言ってましたね。そのために今は冒険者をやっている、と。だから無理せず難易度の高すぎないクエストを受けているんですね。休みも多いし。あとは……ああ！」

シャルラは部屋の傍に誰かいないか、気配を探るようにしてから言った。

「貴英さんにはログインボーナスがありますからね。そこで出る高価なアイテムを換金できるようになりたい、とは言ってました。あまり冒険には役立たない物も多いですしね」

「役に立ちたいが、それはプレゼントではないな。しかし、冒険に役立つものって線は、いいかもしれないな……」

顎に手を当てたスパーダが頷く。

「うん。冒険に役立つものといえば、やはり何を置いても剣だな。よし、剣を贈ろう」

「それはダメッ！」

決めた途端部屋を出ようとしたスパーダを、シャルラが腰に抱きついて止めた。

「剣はダメ。落ち着いて、他のものにしましょう。ね？」

「シャルラ様がそこまで言うなら……」

剣マニアのスパーダは渋々と頷いた。魔剣には逆らえないのだ。

「一番役に立つものなのに」

「ぐるるるるっ」

剣を贈ることへの未練を捨てられないスパーダに、シャルラが低く唸って威嚇した。

「でも他に贈れるものといえば……」

「うーん」

ふたりは首をひねって考える。

普段、一緒に過ごすなかで、貴英が欲しがっていたもの、興味を示すものは何だったのか。

「もしかして、貴英さんってあまり物欲がない？」

「そうかもしれないな。生活に必要なもの以外で何かを欲しがっているのを見たことがない」

自己主張が弱いというわけではない。このふたりと比べれば一見地味かもしれないが、実際は好き勝手に動くタイプだ。

「ううむ、困ったな……」

そこでスパーダは正面のシャルラを見た。自分より付き合いが長い彼女なら、どうするのだろう。

「シャルラ様なら、タカヒデをねぎらったり感謝を伝えたりするときはどうする？」

問われたシャルラはこれまでを思い出しながら考えてみる。自分がしたことで、貴英が喜んだことはなにか。

「うん、エッチなことかな！」

「え、エッチなこと!?」

予想外の返答にスパーダは一歩あとずさって驚きの声を上げた。

「うん。いくら貴英さんに物欲がないと言ったって、欲望自体がないわけじゃないですからね。やはりいちばん喜ぶのは、エッチなご奉仕ですっ！」

本人不在の場所で貴英のイメージがツッコミもないまま塗り替えられていく。だが、この件に関してはシャルラも間違っていないかもしれない
「その話、く、詳しく聞かせてもらえないか？」

顔を薄く染めながら、スパーダが尋ねる。

「わたしも、前の町で女性冒険者に聞いただけだから、詳しくはないんだけど――」


「な、なるほど……。殿方はそういうのを喜ぶのか」

具体的な話を聞いたスパーダは、もうはっきりと頬を桃色に染めている。実物にはまだ縁がないため想像上の行為はあやふやだった。シャルラや女冒険者たちの積極性を羨ましく感じる。

「わたしは貴英さんの持ち物だから結構強引に迫っちゃいますけど、スパーダはパーティーメンバーですし、まずは異性として振る舞う必要があるかもしれませんね」

「異性として、か」

スパーダは別に、男勝りというわけでもボーイッシュというわけでもない。

ポニーテールにくくられた髪はちゃんと手入れをされて綺麗だし、引き締まった身体も筋肉だら

けということはない。

胸もかなり大きく、剣のベルトで身体のラインがくっきり出るので見た目としては女性らしさを強調しているほどだ。

ただ、そんな美人で魅惑的な見た目とは裏腹に、経験がないのも確かだった。

「だが、シャルラ様はいいのか？」

普段の行動を見て疑問を抱いたスパーダが問いかける。

「ほら、私がタカヒデとそういうことしても。普段は浮気者、とか言うし、剣を買うことすら止めたのに」

「ん～。それは別かな。ほら、剣は一本あれば充分だけど、人との繋がりはたくさんあったほうがいいでしょ？」

「剣もたくさん必要だ！」

「あ、ああ……まあ、スパーダはそうかもね……」

勢いよく言い切る彼女に対して、シャルラは苦笑を浮かべながら答えた。

ともあれ、問題はなくなった。

スパーダにとっても、扱いにくい自分を受け入れてくれて、剣にせよ部屋にせよなんだかんだと面倒を見てくれる貴英は特別だった。

抱きしめていると安心するし、そういうことをするなら、相手は貴英しかいないと思う。

いつの間にか貴英へのお礼という考えは抜け落ちて、ただ彼を誘うことしか考えていなかった。

「よし、じゃあ早速タカヒデを誘おう」

スパーダは拳を握りしめ、そのまま走り出そうとした。

「待った！　剣は置いていきなさい剣は！」

「剣を、置く？」

驚きの表情を浮かべた彼女に、シャルラはため息をついた。

「受け売りだけど、最低限、女性として意識してもらうために必要なことを伝えますね」

シャルラは一通り説明し終えると、最後にこう締めくくった。

「いろいろ言ってきたけど、最終的には多分、素直でいいと思うの」

「素直か」

スパーダは頷いて、改めて貴英のもとへ向かうのだった。

九話　スパーダの誘い

八日目ログインボーナス！
●セイントメダル×20

一体どうしたというのだろうか。

まず、いきなりデートに誘われた。いや、その時点ではデートだとは思わなかったのだが、今になってみれば気づかないほうがどうかしているくらいだった。

町からすぐの山にある花畑。そこを見に行こうと誘われたのだ。

普段は何振もの剣を背負っているスパーダだが、モンスターが出る心配もないということでこのときは剣を置いてきていた。

剣を背負っていないスパーダは細く、しかし女性らしい曲線を描いている。

いつも剣のベルトで強調されている胸は、締めつけがないことで柔らかそうに揺れていた。

そんな彼女とふたりで、花畑を目指して緩やかな山道を登っていく。

「ふたりきりというのは、結構珍しいものだな」

「ああ」

隣を歩く彼女はいつもの暴走する剣マニアではなく、穏やかで綺麗な女性だった。

クエストや装備絡みの話題がほとんどだったこともあり、俺が知っているのは冒険者としてのスパーダだけだったのだ。

こうしてそうじゃないスパーダと過ごすのは新鮮で、なんだか少し緊張していた。

山道は踏み固められていて歩きやすい。やがて木々がさっと開け、目的の場所にたどり着く。

「わぁ、すごいな、これは……」

花畑を前にしたスパーダが、見惚れながら呟いた。そしてゆっくりとその花畑へ歩いて行く。

「ほら、タカヒデも早く！」

花の中で振り向いてこちらへ手を伸ばす彼女は、とても綺麗だった。


思わぬスパーダの姿にドキドキしつつ、街へ戻ってきた俺たちはいつもよりはおしゃれな店で食事をとる。そして、スパーダが取っておいたという、いつもとは違う宿に入った。

「いつものところだと、なんだかもう家みたいだからな」

スパーダがそう言いながら、ベッドに腰掛けた。

毎日一緒に寝ているのだから、ベッドの彼女も、もう何度も目にしている。

だが、今日はいつも以上にドキドキしていた。彼女の言うように、宿が変わったことも理由の一つかもしれない。

それと一日過ごして、冒険者以外の彼女を知ったことだ。剣を置き、花畑で見る彼女の姿がちらつく。

「タカヒデ……」

こちらへ近づいてきたスパーダが、俺の腿を撫でてくる。細い指が腿をゆっくりと上ってきた。

それを見て、照明を落とした。ふっと薄暗くなり、淫靡さが増す。

暗がりでシルエットになった彼女と、腿に感じる確かな感触。

耐えきれず、ベッドへと押し倒す。

すると彼女は、俺のズボンを脱がせてきた。すでに猛っていた肉槍が飛び出してくる。

彼女の視線をはっきりと感じて、むず痒いような刺激があった。

「これがタカヒデのものなんだな……」

スパーダの指が竿を優しく包み込む。ひんやりとした手が、熱くなったそこに絡みついた。

「すごい熱さだな……それに硬い。これは大丈夫なのか？」

尋ねながらも、彼女の手が上下に動いていく。慎重な手つきでの愛撫はもどかしい快感を俺の肉竿に伝えてきた。

彼女はしげしげと肉槍を観察しながら、あくまで丁寧に擦り上げていく。

射精には程遠いような淡いものだが、それでも愛撫は愛撫だ。

肉竿は反応し、気持ちよさが膨らんでくる。焦らされているような快感に力が入り、肉槍がぴくぴくと動く。

「タカヒデの性剣が反応してるな。待ちわびるのも性剣らしい」

「……どこで覚えるんだ、そんな言葉」

シャルラにしてもスパーダにしても、微妙なチョイスで萎えさせてくるのはなんなのだろうか。

「剣……剣か……」

小さく呟くと、スパーダは肉竿に頬ずりをしてきた。きめ細やかな彼女の肌が触れ、茎を擦り上げる。

「金属の冷たい感触もいいが、この剣もなかなか愛おしいものだな。それに」

彼女が俺の顔を覗き込む。

肉竿を手で支えて頬ずりするスパーダの姿に、俺の快感はドンドン膨らんでいる。耐えている俺の顔を見て、スパーダは怪しい笑みを浮かべた。

「日頃は見られないタカヒデの顔を楽しめるのもいいな。はぁ、ンッ」

興奮し始めたスパーダが、これまで以上の速さで頬ずりを繰り返す。

「ン、何か出てきたみたいだ……」

溢れ出してきた我慢汁が彼女の顔を汚していく。綺麗な顔が我慢汁でテカテカに光りだす。

「アゥ……すごくエッチな匂いだ。それにネバネバして……れろ」

「ぐっ……」

我慢汁の出てくる先端を舐められて、快感がスパークした。

舐め取られた分以上の我慢汁が噴き出して、肉竿が震える。

「なんだかしょっぱいんだな。ンッ、でも、ちょっと気になる……ちゅうっ」

「あっ、う……」

亀頭の部分を軽く咥えられて、吸い込まれる。湧き上がってくる快楽に任せて、このまま奥まで突き挿れたい衝動にかられた。

それを見抜かれたのか、スパーダは大きく口を開けると肉竿を中ほどまで咥えた。

「ああっ！」

温かくぬめった口内に迎え入れられるとともに、唇がきゅっと締まる。

幹の部分を柔らかく締め上げながら、舌が肉竿を舐めまわした。

「ちゅる、レロレロ……ズルっ、ペロ……んぅっ……これ、まだ大きくなるのか。こんなに太くなったら、おぅっ……」

肉槍を咥えていたスパーダが、やや苦しそうにした。

「大丈夫か？　無理そうなら抜いたほうが、あうっ」

腰を引こうとした俺を止めるようにバキュームされる。強力な吸い込みに快感が膨らんで、もう止められなくなった。

「んぐっ！　ンア、じゅ、このまま一気に、レロ、じゅぶっ」

顔を前後に動かすスパーダ。

尿道の中を精液が駆け上ってくるのを感じ、肉槍の先端が膨らんだ。

そして奥まで吸われたのと同時に射精する。

「んぶっ！　オウッ！　ゴクッ、じゅっ、れろ、んくっ……ごっくん！」

大きく喉を鳴らしながら、彼女が精液を飲み干した。

「あふっ、これがタカヒデの味か。あうっ……」

スパーダはモジモジとし始める。奉仕の最中も感じていたようだったが、一段落ついたことで落ち着かなくなったのだろう。

「次は俺の番だ。スパーダ、四つん這いになってくれ」

「あ、ああ……」

どこかぼーっとしながら彼女が頷いた。意識は快感を求めるほうへ傾いて、あまりものを考えられないのかもしれない。

言われるまま四つん這いになった彼女の短いスカートを捲り上げる。

こちらに突き出されたお尻を覆う、肌触りのいい下着。

その中心部分はもう充分に湿っていて、彼女の割れ目をはっきりと教えてくれた。

その、濃く変色したラインに指を這わせる。

「ンアッ！　あ、ウゥッン！　も、もっと激しくっ……！」

お尻を振りながらの要求に応えることにする。だが、ここからはなぞるだけじゃない。

下着に手をかけて脱がせていく。クロッチの部分がいやらしく糸を引いた。

下着を取り去ると、もう隠すもののない彼女の秘部が露《あらわ》になる。

蜜を零す割れ目がわずかに口を開き、何かを求めるようにヒクヒクと動いている。

「あう……タカヒデの視線を、すごく感じる」

その言葉とともに、とろりと愛液が溢れた。

「ンァァっ！」

ゆっくりと浅く指を挿れると、ちゅぷっとはしたない水音がして、スパーダが嬌声を上げた。

トロトロになった膣内は指を締めつけてきた。

「ンウッ！　あ、ハァッ！　これ、んうっ」

四つん這いのままこちらを見たスパーダ。その視線が彼女の痴態を見せられ猛っている俺のものを捉えた。

「ね、タカヒデ……それを、私の中に挿れてくれっ……」

「ああ、わかった」

怒張した肉槍を膣口に宛がい、そのまま慎重に腰を押し進めていった。

「ンッ……ふっ、ぅっ……タカヒデが、入ってくるっ……！」

最初こそ強い抵抗を受けたものの、充分に濡れていたこともあって、肉槍は順調に飲み込まれていった。

狭い膣内を進み、一度行き止まったところでさらに腰を突き出す。

「んはぁあっ！　あぐっ、お、奥まで挿れてぇっ……！」

勢いそのままに一番奥まで貫くと、スパーダが快感に身体をのけ反らせた。

バックの姿勢なので、その艶やかな背中のライン、ポニーテールが揺れるうなじをじっくりと観察することができる。

今は腰を止めているが、その光景に加えて内襞は肉槍を包み込みながら震えているので、それだ

ビクン
んは♥
アッ♥

けでも充分気持ちいい。出してしまうことはないが、萎えることもないだろう。

彼女の綺麗な背中に指を這わせる。ゆっくりと背中のラインに沿って下っていき、お尻まで。

その途中で、何度も膣内がきゅっと収縮し肉竿を締めつけた。

「ンッ……な、なんかゾワゾワするっ……も、もう動いて大丈夫だからっ……！」

言葉を受けて、腰を動かし始める。最初はゆっくりと、徐々に激しく。

「アッ、は、アァッ！　アウッ！　私、もうっ……」

スパーダは嬌声を上げながら、全身に力を入れる。蠢動する膣壁が肉槍を容赦なく絞り上げていった。

「あう、イク、イクイク、イっちゃうぅぅぅぅぅっ！」

スパーダが背筋をピンッとのけ反らせながら絶頂した。それに合わせて俺も射精する。

「あっ、はぁっ！　ん、出てる、これ、これがっ……！」

絶頂の最中に中出しを受けて、スパーダの身体がさらに反応した。

本能が精液をしっかり搾り取ろうと動いているのだ。

内襞の蠢きが激しくなり、襞の一つ一つが震えている。

その貪欲な膣内に精液をすべて吐き出すと、肉槍を引き抜いて横になる。

スパーダは身を寄せると、小さくなりかけていた俺のものを握った。

「こっちの剣にも惚れてしまいそうだ」

うっとりと呟くスパーダに、俺は軽い危機感を抱くのだった。

この勢いでこられたら、俺の身体が持ちそうにないな……。

十話　ダンジョン攻略！

「へぇ、ダンジョンの活性化か……」

ギルド内の掲示板にその内容が張り出されているらしい。

みんな興味があるのか、掲示板はさっきから絶えず人だかりができていた。

遅めの朝食としてナポリタンっぽい何かを食べながら、その話をシャルラから聞いた。

「強いモンスターがボスとして現れるとよく起こる現象なの。瘴気が増してモンスターの数が増えたり強くなったり」

だからいつもの調子で近づかないように、ってことか。

「その分、腕に自信がある冒険者からすれば稼ぎどきなんだ。モンスターのランクは上がるし、もっと自信があれば、ボスモンスターからレア素材を手に入れられるかもしれないからな」

スパーダがサンドイッチっぽいなにかを口にしながら言った。

この世界のダンジョンは、一度攻略されてもこうして復活することがあるらしい。ただ、ほとんどのモンスターは同じ場所で同じものが湧くのに対して、ボスは前回と同じとは限らないらしい。

元になる瘴気の濃さだとか条件がいろいろあるようなのだが、詳細はわかっていないということだ。

「ボスのいるダンジョンを放置するのは危険だから、可能な冒険者は攻略してボスを倒すのが推奨されている。まあ、あくまで推奨だから必ずしも取り組む必要はないのだがね」

スパーダの補足を受けて思った。

「ちなみに話を聞く限り、スパーダの感覚から言ってそのダンジョン、俺たちで攻略できそう？」

サンドイッチ的なものをフォークで食すという、よくわからん上品行為に及んでいたスパーダは、口の中のものを飲み込むと小さく頷いた。

「ああ。ボスに遭遇した者の話はまだ聞いてないから油断はできない。が、それ以外のモンスターの話を聞く限りは余裕を持って攻略できるだろう。ほら、この前セイントメダルを手に入れていただろう？　あれで武器に聖属性を付与すれば、アンデット系にはかなり有利だ」

それに、強くなっていると言ってもそこまで桁外れに強化されているわけでもないからな、とスパーダは付け加える。

そもそもスパーダの実力を考えれば、この辺りのダンジョンなど余裕なのだ。

始まりの町よりは幾つか先に来たものの、まだまだ脱初心者、中級の下のほうという程度の地域。剣を使いこなすバーサーカーのスパーダにとって、危険とは程遠いのだ。

もちろん、どれだけ圧倒的に強くても、やられるときはやられてしまうものだ。だからいつでも油断はできない。ほぼ負けることがないとは言っても、命がけであることに変わりはないのだ。

「危なかったら引き返すことにして、ちょっと行ってみるか」

放置すると危険だというし、もしできるなら、その前になんとかしておいたほうがいいだろう。ダメそうならおとなしく他のパーティーを頼ればいい。

「ああ。ボスをやっつけておかないと、どうなるかわからないしな」

「ダンジョン、ボス……なんだか冒険っぽいですねっ」

シャルラは妙にテンション高く頷いた。やはり魔剣の血が騒ぐのだろうか？

ダンジョンについての情報をできる限り集め、俺たちは出発するのだった。

† † †

三日目ログインボーナス！

●ベッド（キングサイズ）

「いやがらせか!?」

ダンジョンへ向けて出発し、次の日の朝テントで目を覚ました途端に飛び込んできたメッセージに思わず声が出た。

このテントの中では、取り出して確認することすらできないアイテムだ。

確かに、価値を考えれば当たりの部類だろう。まだ機械による大量生産なんてできないから、この世界だと家具高いしな。

だけどこのタイミングか？

今日からダンジョンを攻略し始めるというのに、ダンジョン内では役立ちそうもないアイテムだ。

……使うと体力全快とか、流石にないよな。

まあ、以前のログインボーナスで既に今回必要なアイテムは揃っているようだしいいのだが、もうちょっとテンション上がるものだと、なおよかった気がする。

そんなままならないログインボーナスに翻弄されながらも、手早く準備を終えて初のダンジョンに挑む。

「入り口は結構普通なんだな」

「他の冒険者たちも、もう入っているしな。最初のほうは迷うこともないだろう。モンスターにだけは、常に気をつけたほうがいいが。草原などと違って見通しが悪いから、奇襲をかけられやすいのだ」

「なるほど」

それは気をつけないとまずいな。あとはいきなりモンスターに遭っても慌てない気構えか。

いつもより慎重な足取りで、ダンジョンに足を踏み入れる。

ダンジョンと言っても中は普通に洞窟で、これといって珍しい加工がされているわけではない。ただ、何本もの道が複雑に行き来しているのが、利便性を求めるトンネルとの違いだと感じた。

その道を注意しながら進んでいく。

浅い階層ではモンスターと出会わない。これは今このダンジョンに幾つものパーティーが出入りして、既にあらかた倒されているからだろう。

体力を温存できていい反面、慣らすことなく深い階層の強いモンスターと戦うことになるので一長一短か。

ギルドに張り出されていることもあり、やはりここに来ているパーティーは多いらしい。モンスターよりも人間に出会う。

「おお、こっちは行き止まりみたいだ」

肩をすくめながら歩いてくる冒険者と軽く挨拶を交わしたり、

「ここから下はモンスターが強くなってる。それに、数も多い。行くなら気をつけてくれ」

撤退してきたパーティーにアドバイスを受けたり、

「すまん、回復アイテムを何か譲ってくれないか？　仲間の傷じゃ地上に上がるのも難しそうなんだ」

ピンチになった冒険者と助け合ったりしながらダンジョンを下っていく。

最初はただの洞窟だったのに、奥へ行くほど造りに手が入っていくようだ。

木の枠組みができたり、石で固められたり。

かなり大きなダンジョンらしく、第五層までくると、完全に地下迷路のような構造になっていた。

「随分奥まで来たな」

「ああ、瘴気が濃くなってる」

スパーダが呟き、周囲に目を向ける。

この辺りまでくると、モンスターも普通に遭遇するようになっていた。

「さっそくお出ましか」

カタカタと骨と鎧を揺らしながら、ボーンナイトが現れる。骨だけの身体に鎧と兜、手には剣や槍など様々な武具。

五体のボーンナイトが立ちふさがった。

「戦闘中に切れたらまずいし使っておくか……セイントメダル！」

魔剣となったシャルラが淡く白い光を帯びる。

セイントメダルは聖属性を武器に付与するマジックアイテムだ。

効果は一時的なものだが、どんな武器にも付与できる。

「やぁっ！」

イメージ通り、アンデットは聖属性に弱いので通常以上のダメージを与えられる。さらに、軽く振るだけでも威嚇になるのだ。

そのおかげで、本来ならば強いはずのモンスターたちもサクサクと片付けていけるようになっていた。

「やっ、はっ！」

同じく聖属性を剣に付与しているスパーダが、瞬く間に二体のボーンナイトを切り伏せる。

軽々倒しているが、本来なら他のパーティーなどでは、一体だけならなんとか倒せるか、というような強さなのだ。スパーダといると感覚が麻痺しそうになる。そのくらい圧倒的に強い。

聖属性があると、確かにアンデットは怖くない。ログインボーナスのおかげだ。

「この、これでっ！」

狭い場所にボーンナイトを追い込み、突きで倒す。

「怪我はないか？」

剣を収めたスパーダと合流し、再びダンジョンの奥を目指す。

「ボーンナイトをこんなに簡単に倒せるなんて、やはり魔剣も属性付与も強いな」

本来のボーンナイトを知っているスパーダが、しみじみと呟く。

「タカヒデと一緒にいると、楽をしすぎて腕がなまってしまいそうだ」

最初からログインボーナスを貰っていた俺にはいまいち実感できないが、俺のアイテムはやはりとても強いものなのだろう。

実際、戦闘系以外のアイテムだって、いいものばかりなのだ。

ただ、ちょっとタイミングや境遇に合わないだけで。

旅先でベッドとか、買い取ってもらえないくらい高い宝石とか、大量の香辛料とか。

ありがたくも扱いにくいログインボーナスに感謝と複雑な感情を抱きながら、ダンジョンをさらに進んでいった。

十一話　骸の王

最初はいろんな冒険者たちと出会っていたのだが、奥まで来るともう他のパーティーと会うこともなくなっていた。

ボーンナイトのようなスケルトン系やゾンビなどのアンデットモンスターを倒して進んでいく。

セイントメダルの効果もあって、危なっかしい場面もなくここまでたどり着いた。

ついに第六階層へ下りると、そこには巨大な扉があった。

「ボスの間だ」

スパーダが冷静に呟いた。ボスの間。この奥には、これまで以上に強力なモンスターが待ち構えているのだ。

「よし、行くか……」

緊張しながら声をかけて、扉に手をかける。重い音を立てながら扉が開くと、そこにはこれまでのボーンナイトよりも大きな骸骨のモンスター、スケルトンロードがいた。

その下半身は純粋な人間ではなく、骨を組み合わせて馬のような形になっている。サイズも人が馬に乗っているのと同じくらいだ。背も高くなり攻撃が届きにくく、機動性も上がって一石二鳥。

手には騎乗用のランスと、大きな盾。

「あれがボスか」

「そうみたいだ」

シャルラを構え直して対峙する。大型モンスターとの戦いは、あまり慣れていない。

実際の力量以上に、サイズで威圧感を受けてしまう。

「確かにこれまでより強い。だが、アンデットには違いないのだ」

スパーダが切り込むと、四本ある足の一本に攻撃を加える。その足も何本かの骨の組み合わせで、彼女の剣はその一部を叩き切った。

すぐにランスの突き降ろしが、彼女を襲う。

バックステップで躱した彼女が構え直すのに合わせて、俺もスケルトンロードに斬りかかった。

「カカカッ」

骨を鳴らしながら、スケルトンロードが後ろへ引く。

動きも速く、間合いの外へ逃げられてしまう。逃げ回られると厄介だ。

聖属性のアイテムを使って、地面に罠を仕掛けることにした。

罠と言っても仕組みは単純で、踏むと聖属性の光が放たれるアイテムを地面に並べておくだけだ。

スケルトンロードが踏めば、弱点ということもあってそれなりのダメージを与えられる。それがプレッシャーになれば、たとえ踏まなくても機動力を削ることになる。

「カカコココッ！」

顎を鳴らしながら、スケルトンロードがこちらへ迫る。後退しながら、罠のほうへ誘導していった。

「コカッ、カカッ！」

罠を踏まないようにこちらへ迫るスケルトンロードに、スパーダの剣が打ちつけられる。よろめいて足をつこうとし、そこに罠があると気づいて避ける。そのせいで姿勢はさらに不安定になり、スケルトンロードは隙だらけになった。

「やっ！」

魔力を込めてシャルラを振りかぶる。

「んはぁぁっ！」

嬌声を上げたシャルラの切先が、バランスを崩していたスケルトンロードの胸に届く。

硬い骨に当たる感触はあるが、そのまま骨を斬り裂いていった。

「ガガガッ！　コッ、ガガァッ！」

ガタガタと骨が鳴る音がする。それはスケルトンロードの断末魔だろうか。

中心部分を切り裂かれたスケルトンロードは崩れ落ちていく。

骨がバラバラと地面に落ち、そのまま灰になっていった。

「やったのか……？」

初のボスということで身構えていたが、やけにあっさりと倒してしまった。これもスパーダの強さとシャルラの優秀さ、そしてログインボーナスのおかげだろう。

スケルトンロードの消滅に合わせて、ダンジョン内の瘴気も晴れていく。

「そうみたいだな。ダンジョン内が浄化されていく」

ボスを倒しても、完全にモンスターがでなくなるわけではない。それでも、ボスがいるのといないのとでは活発さがまるで違うという。

スケルトンロードが変化した灰の中からドロップアイテムを回収し、ダンジョンを後にする。

ボスを倒したと、ギルドへ報告に行くのだ。

† † †

四日目ログインボーナス！

●怪力の指輪

その日のログインボーナスは当たりだった。

指輪は手を塞がずにステータスをアップできる便利アイテムだ。これは幸先がいいな。といっても今日はギルドに戻って報告をするだけだ。

街へ戻ると、早速ギルドへと向かう。昼前という時間もあって、いつもよりかなり静かだ。あくまで比較すれば、ということであって充分賑やかではあるのだが。

「ボスを倒されたんですね！」

報告をすると、受付の人が顔を輝かせながら言った。

頷いて、スケルトンロードのドロップアイテム『骸王の頭』を差し出した。

「すごいです。このアイテムは換金してしまっていいですか？」

「ええ、お願いします」

「わかりました。それでは今、このアイテムの買い取り分とダンジョン攻略の報奨金をお持ちしますね！」

元気にそう言うと、受付の人はカウンターの向こう側に引っ込んでいく。

「報奨金か。いくらだっけ？」

ダンジョン攻略は、厳密にはクエストではない。受注してこなすのではなく、みんながそれぞれに攻略していくからだ。そもそもボスに興味はなく、強めのモンスターから素材を取るのを目的としている冒険者も多い。

ただ、ギルドとしてはボスを倒してもらいたい。そこで報奨金を出して、ボスを倒したパーティーにはクエスト達成と似たような恩恵を与えるのだ。

張り紙には書かれていたはずだが、そもそも俺はチェックしていない気がする。今回はとくに、報償金目当てでもなかったしな。

「おまたせいたしました」

受付の人が戻ってくると、金貨の入った袋をカウンターに置く。

百枚はなさそうだな。あくまで推奨ってことだし、クエストのように直接金を出す依頼者いるわけでもない。だからおまけくらいなのかもな。

そう考えていると、袋の横に白金の板が十枚。え、十枚も!?

受付の人は、まず金貨の入った袋をこちらに差し出す。

「骸王の頭の買い取りが、金貨八十枚です。ご確認ください」

言われて手早く数えていく。八十枚なんて数える機会はなかなかないから、そのインフレっぷりに戸惑ってしまった。

「大丈夫です」

十枚ごとに積み上げた八つの塔を、袋にしまい直して答えた。

「ありがとうございます。次に、こちらがダンジョン攻略報酬の金貨千枚分の白金板十枚です。ご確認ください」

「え、ええ……」

白金板十枚なんて……。こんな金額をギルドでやり取りするなんて、まるで一流冒険者にでもなった気分だ。

「確認しました」

驚きすぎてリアクションも取れないままそう告げると、受付の人が微笑んだ。

「今回はダンジョン攻略、お疲れ様でした。またよろしくお願いしますね」

「はい。よろしくお願いします」

報酬を受け取った俺は、席で待っているふたりのほうへ歩きながら考える。

そろそろ家を借りよう。これだけのお金があれば、なんの心配もない。いや、もう少し頑張っていっそ買ってしまうのもありか？

思った以上の収入に混乱しながら、今後の生活に思いを馳せるのだった。

十二話　ふたりとの夜（意味深）

思わぬ高収入に頬が緩むのを感じながら、宿へと戻ってきた。

高額な臨時収入とあって、シャルラとスパーダも上機嫌だ。

「なんだかお疲れですね。そうだっ！　それじゃ、わたしがマッサージをしてあげますっ」

元気に宣言したシャルラが、飛びついてしがみついてくる。彼女の柔らかな身体を受け止めて、そのままベッドへと転がった。

「ふむ、それはいいな。タカヒデのログインボーナスのおかげで楽に攻略できたし、私も協力しよう」

シャルラと同じくらい乗り気なスパーダの声。

「それじゃ、まずは上半身を脱いで、うつ伏せになってください」

どんどん話が進んでいるが、慣れない長めの冒険で疲れているのも事実だ。せっかくだからお言葉に甘えることにする。

言われた通りに上半身を脱いで、うつ伏せになる。すると、シャルラが俺の背中に跨がってきた。

心地よい重みと身体の感触がじんわりと伝わってくる。

「肩と背中をマッサージしますね」

すると次は、ふくらはぎの辺りにスパーダの手が当てられる。

「私は足をマッサージするとしよう」

ぎゅっぎゅっと手が当てられる。彼女たちの手が俺の身体を撫で、力を込めて揉みほぐしてくる。

「すっごい硬くなってます。やっぱり、凝ってますね。んっ、んっ！　んふっ……」

シャルラの小さな手が肩甲骨の辺りを押して刺激する。力を込める度に出る悩ましげな声が、上から心地よく降ってきた。

「足のほうはどうだ？　こうやって流れを良くしてやると、ふっ、はぁっ……」

「ああ、すごく良い感じだ」

ふくらはぎの辺りからは、滞っていた血流が巡るようなじんわりとした気持ちよさが湧き上がってくる。

「んっ、は、ふっ……」

「よいしょっ、んっ。えいっ」

ふたりの手に癒やされて、身体の力が抜けてくる。リラックスしてぼんやりとマッサージを受け続けた。シャルラは肩から背中へと段々降りてきて、スパーダのほうは太股へと上がってくる。

全体的にほぐされ血流がよくなるのと同時に、気持ちよさが体中を巡る。

共に中心を目指していたふたりの手が、俺のお尻辺りで出会う。

「馬車に乗ってたりすると、お尻も凝るのかな？」

「どうだろう、あまり聞かないが、せっかくだしマッサージしておこうか」

「そうだね」

ふたりの手にお尻を揉みほぐされている。するとなんだか、これまでとは違った意味の気持ちよさが湧き上がって、血流が一カ所に集まり始めた。

「あ、ふたりともちょっと」

うつ伏せの姿勢なので、膨らみ始めた股間の部分がベッドに押し付けられている。

思わず少し腰を上げると、それをめざとく発見されてしまった。

「貴英さん、もしかして気持ちよくて、おっきくなっちゃったんですか？」

「そうなのか？」

スパーダの手が、浮かせた腰の下に潜り込んで、硬く膨らんだそこを撫でる。

「本当だ。タカヒデのこれ、元気になってるな」

そのまま擦り上げられ、ますます血が集まって膨らんでしまう。

「そっちも、わたしたちが癒やしてあげますね」

「下半身も脱がせてしまおう」

彼女たちによって服を剥かれ、ベッドの上で全裸になってしまう。さらに仰向けへとひっくり返されると、隠す物のなくなったそこが雄々しくそそり立っていた。

「おお……」

気がつくとふたりとも俺の股間付近にかがみ込んでいた。ふたりの視線が目立つ部分に注がれている。

「マッサージだし、手かな。それとも……」

近づいて話すスパーダの吐息が当たり、肉槍がくすぐったい。

思わず身をよじると、シャルラが俺の腿を押さえて竿に顔を近づけてくる。

「吐息に反応してましたし、こっちですか？　あーん」

大きく口を広げて、肉槍の近くで待ち構える。まだ咥えられてはいないのだが、その刺激を想像しただけでそこが跳ね、早く入れたくなって腰が浮く。

「ふふっ、貴英さんのここは、とっても素直ですね。ぱくっ」

楽しそうに言ったシャルラが、今度こそ肉槍を咥え込む。

「ああっ……」

温かくぬめった口内に包まれて、期待通りの気持ちよさに竿が震える。

「こうして根元のほうも……レロ」

「うあっ……」

スパーダの舌は、肉竿の根元を舐め上げて、横から咥え込んだ。敏感な先端をシャルラに咥えられ、根元はスパーダに愛撫される。美女ふたりが自分の肉槍に奉仕する姿も、興奮を高めていった。

「レロ、ちゅ……」

「ん、じゅぷっ……はむっ……」

シャルラは先端に、スパーダは根元にしゃぶりついているが、ふたりの顔はとても近い。俺の肉槍は彼女たちにほとんど呑み込まれ、唾液まみれにされていく。

「ん、れろ……たくさん感じて癒やされてくださいね」

シャルラがもっと奥まで飲み込もうと口を広げる。

するとスパーダが場所を譲り、肉竿の根元よりさらに下、タマ袋のほうへと降りてきた。

「ンッ、ふっ……舌を伸ばして、こうやってレロレロッ」

「ああっ！　それ、なんかっ……」

竿とは違う、くすぐったいようなもどかしいような快感が舐め上げられる睾丸から湧き上がってくる。

「はむっ、ちゅぅぅっ！」

「ぐっ、あぁ……」

シャルラは肉竿にぴったりと吸いつき、そのまま吸い込んでくる。強烈なバキュームフェラに声を上げさせられる。

「ンッ、タマがつり上がってきてるな。はもっ」

スパーダが大きく口を開けると、睾丸の片方を口に含んだ。

「もご、じゅる、レロ……」

タマフェラを行うスパーダの口から、よだれがこぼれ落ちる。

竿と違いぴったりと咥え込んでいないので、半開きの口から次々と唾液が溢れてくるのだ。

彼女の口からこぼれる唾液はタマ袋を濡らして滴っていく。

「んっ、貴英さん、好きなときにイっていいんですよ」

シャルラの口淫は激しくなり、はしたない音を奏でていく。

「ああ、そろそろ出すぞ……」

宣言した直後、そのままシャルラの口に精を放った。

「んぐっ！」

勢いよく飛び出した精液に、彼女の頬が膨らむ。

「んくっ、んっ、ごくっ……」

「シャルラ、一度放してくれっ……」

射精直後の敏感な肉槍に、彼女の舌が絡みついてくる。肉槍を咥えたまま口に出された精液を飲み込んでいくので、その度に竿ごと吸われてむず痒いような快感がはしる。

そんな俺をよそに、彼女は精液を漏らさないよう肉槍をしっかりと咥え込んだまま喉を鳴らす。

「んぐっ、ごっくん！　……放したらこぼれちゃいますよ」

飲み終えて口を離しながら、シャルラが言った。

「はぁ……ふぅっ……」

射精後の気だるさで横になっていると、ふたりも両脇に寝そべってきた。

美女ふたりに挟まれて、その柔らかな身体が当たる。

「お疲れ様。ゆっくり休んでね」

「このまま添い寝してるけど、また硬くなったらいつでも……な？」

スパーダの太ももが俺の腰に絡められる。

「わたしもっ、ぎゅーっ。」

シャルラも同じように抱きついてきて、豊かなおっぱいの感触や温かさが伝わってくる。

ふたりに包まれながら、ゆったりとした眠りに落ちていった。

第三章　ログインボーナスで楽々生活

一話　魔法使いの家

五日目ログインボーナス！
●結界破りの短刀

「そろそろ、家を借りようと思うんだ」

いつものように三人で使っている宿の部屋。ダンジョン踏破のお陰で余裕ができて休みなので、少し遅い目覚めのあとでそう言った。

「家ですか？」

シャルラが小鳥のように首を傾げてこちらを見つめる。

「ああ。安定して稼げるなら、そのほうが過ごしやすいしな」

宿暮らしのいいところは、困窮したらすぐランクを落とせるところだ。家賃になるとそうもいかない。とくに、冒険者はムラのある仕事だ。低いときの収入に合わせておかないと大変なことになる。

ただ宿である以上、置ける荷物には限りがある。いろんな町を旅している冒険者なら問題ないのだが、俺たちのように決まった町を拠点としていると、数日空けることはあっても結局帰ってくるのだ。

一つの場所にとどまっていれば荷物だって増えてくるし、だったら家を持って、好きな家具やいろんなものに囲まれて暮らすほうがいい。

「確かに、この様子なら、ちゃんと暮らせそうですもんね」

資金には余裕がある。前回の報酬は年収を越えるくらいなのだから、当分の家賃には十分だ。

流石に家を買ったり引退したりできるほどの額ではないが、今の俺たちはちょっとした金持ちだと言えた。スパーダと分けても、白金板五枚以上だからな。

まあ、スパーダは一本の剣にそのくらいかけていたのだが……。改めて考えると恐ろしいな。

「うん？　どうかしたのか？」

視線を受けた彼女は不思議そうに見つめ返してきた。

「スパーダは家暮らしに抵抗ある？」

冒険者という仕事柄、やはり自由でいたいと思う人は多い。宿暮らしだと、今はこの町を拠点にしていても、いつだって出ていける気楽さがあるのだ。

「いや、できれば私も一緒に住みたいな。なんだか、タカヒデたちと過ごすようになってから寂しがりになった気がする」

スパーダは少し気恥ずかしそうに口にした。

「そうか。じゃあ一緒に見に行こう」

こちらまで照れくさくなって答えると、俺たちはさっそく物件を見に行くことにした。

意外なのかどうか俺にはよくわからないが、こちらの世界も不動産屋がいて仲介してくれる。ドラファン2でも不動産屋で家を借りたり買ったりしていたから、その影響なのかもしれない。

「この物件は何といっても立地がいいですからね。広場や商店に近いですから。その分、少々賃料も高めですが、お客様のご予算なら余裕がありますし」

三軒目として紹介された物件は、その案内通り場所がとてもいい。拠点としているギルドにも近くて便利だ。

値段は確かにこれまで見た一軒目、二軒目よりも高いが、この立地ならそれも納得できる。

「広さも申し分ないし、いい感じだな」

内部を見て回りながら、スパーダが頷いた。

この世界の建物は全体的に広めで、この家も四部屋あった。築年数は経っているものの綺麗な物件だ。

「ああ。ここはいいな」

似たような状態で、もう少し立地が悪いかわりに安いところがあればそれもいいが、今のところここが一番好感触だ。

「そういえばお客様は、ダンジョンを攻略されたんでしたよね？」

「ああ」

「それほどの冒険者ならもしかしたら……少し、いわくつきというか、わけありの物件があるのですが、ご案内してもいいですか？」

わけありの物件？

普通ならそんなところに住みたくはないし、見に行く必要もないのだが、ダンジョン攻略の話のあとだったことや、慣れない不動産の内見でテンションが上っていたこともあり、頷いてその物件を見せてもらうことにした。

「ではこちらです。少し町の中心からは離れるのですが……」

そう言って案内された一軒家は、確かに先程の家に比べれば町の中心からは外れている。だが、歩けない距離ではないし、充分だ。

2階建てで大きく、かなり高そうでもある。

しかし、わけありと言われていたからか、何かちょっと変わった気配を感じる。中に何かがいるというのではなく、外側だ。

「実はこの物件、以前魔法使いに貸していたのですが、結界が張られているのです」

「なるほど」

違和感の正体はそれだったのか。視覚だけだと異常はないが、何か他とは違うものがある。

「住んでいるはずの魔法使いは、もうずっと帰ってきていません。冒険中に何かがあったのか、魅力的な研究を見つけそのままどこかへ去ってしまったのか……」

不動産屋は小さく首を振った。

「真相はわかりません。ただ、もう契約が切れているにも関わらず、結界のせいで次の人に貸したり、中の掃除をしたりができないのです」

不動産屋は結界のかかった家へと目を向ける。そこに近づこうとしたが、玄関にたどり着くことなく見えない結界に押し返されていた。

そして、改めてこちらへと向き直った。

「この結界を破ることは可能でしょうか？　もし結界をやぶっていただけたら、新たにはこういった仕掛けをしないことが条件ですが、しばらくは無料で使っていただいて構いません」

「無料で、ですか？」

変わった提案に、スパーダが首を傾げる。

不審感を見せた彼女に、不動産屋は頷いた。

「はい。なにせもう長いことこの状態でして。こちらとしても困っていたのです。結界を破っていただかなければどうせ使うことのできない建物ですし、こちらに損はありません」

「結界、ですか……」

今日はおとなしいシャルラが小さく呟いた。

家は詳しくないし、貴英さんにおまかせします。と言っていたシャルラだが、結界には興味があるのかもしれない。

そして家に近づくと、その結界に手を伸ばした。

俺も手を伸ばし、結界に触れてみる。硬いとも柔らかいともつかない、不思議な感じだ。

「ちなみに、いけそうか？」

俺はこっそりと彼女に尋ねる。

少し中心から外れている分静かだし、外から見たところ結構広い家だ。中が大丈夫かは気になるが、無料ということなら試す価値はある。

「ええ。結界は破れると思います。ただ、力加減を間違うと家ごと吹き飛ばしかねませんね」

「なるほど」

「もちろん、弱すぎると結界に跳ね返されてしまいます」

バランスが難しいということか。

シャルラは高威力の魔剣だが、注ぎ込む魔力によって威力や範囲を調整できる汎用性の高さがある。込める魔力が一定量を越えると喘ぎだす以外の欠点はないのだ。

問題は、俺のほうの力加減ということになる。

「うーん……あ！」

シャルラが嫌がるからろくにチェックせずアイテムボックスに眠ったままだが、ログインボーナスで対結界専用の剣を手に入れたところじゃないか。

俺は早速、アイテムボックスから、今朝手に入れたばかりの『結界破りの短刀』を取り出した。

黒く塗られた柄と鞘から、鋭い片刃が現れる。

「あっ、貴英さん！」

彼女は素早く俺の手から短刀を奪い取った。

「他の剣に浮気しようとするなんてっ」

「いや、結界破るだけだから……」

「なんですかのその、キスだけなら浮気じゃないみたいな言い訳はっ！」

魔剣であるシャルラにとっては、俺が他の剣を使うのは浮気らしい。これだけ人の姿でいても、まだその感覚は抜けないみたいだ。

まあ、彼女は俺専用なのだし、嫌がるなら止めておこう。

「スパーダ」

「うん？　結界だけを断るのは流石に私では……おお！」

シャルラの持った結界破りの短刀を目にして、彼女の目が輝く。こっちはこっちで珍しい剣に目がないのだ。シャルラの手から短刀が消えて、スパーダへと移っていた。

どっちも剣に対して過剰に反応しすぎだ。

「これはなかなか珍しいな……かなり短いが刀の一種か。ほう……」

うっとりと剣を眺め、妖しい手つきでさすり始めたスパーダを呼び戻す。

「それを使って、結界を破ってくれ」

「わ、私が使っていいのか？　はぁ、んっ……素晴らしいな」

スパーダの息が荒い。結局ちょっと喘いでるみたいになってるしな。

彼女は改めて結界破りの短刀を握りしめる。

「それじゃ、いくぞ……ハッ！」

気合とともに一閃。その白刃が結界を斬り裂いた。

軽い音を立てて、結界が消滅する。あまりにあっさりしすぎていて、本当に結界がなくなったのか疑問なくらいだ。

「やはり、難しそうですか？」

不動産屋は今ので結界が破れたとは考えてもおらず、こちらの様子を探ってくる。

彼からしたら、長いこと苦しめられていた難攻不落の結界なのだ。短刀の一撃で容易く破られるとは思えないのだろう。

「もう解除できたみたいです」

俺はそう言いながら、家に近づいていく。今度は阻まれることもなく、玄関のドアに手をかけられた。

「ええっ!?　ほ、本当に!?　こんな短時間で、あっさりと……」

不動産屋は目を見開いて驚いていた。そして鍵を取り出すと、ドアへ駆け寄ってくる。

道を譲ると、彼は鍵を開けてドアを開いた。

「本当だ……すごい……ありがとうございます。そ、それではすぐに中をチェックしますね！」

そう言って入っていく彼に続き、俺たちはこれから住むことになる家に足を踏み入れたのだった。

二話　新しい家と噂話

九日目ログインボーナス！
●黒晶石（大）×2

数日後。引っ越しも無事終えて、新しい家もやっと落ち着けるようになった。

まだ足りない物もちょくちょく出てくるのだが、気づくたびに買っていけばなんとかなる。

元々宿屋暮らしだったため荷物も少なく、引っ越しは簡単だったが、これからは荷物が増えていくので、次の引っ越しは多分大変になるのだろう。

生活の基盤もできて、俺もだいぶ安定してきたな。

「あとは、ログインボーナスで出たアイテムを、ちゃんと売れればいいんだけどな」

今日出たアイテムも黒晶石だ。価値は高いが、換金の難しいアイテム。小さなものなら冒険中に採れても不思議じゃないし気軽に売ることができるのだが、(大)となるとなかなかそうはいかない。

本来なら、かなりしっかり採掘の装備を整えて、それをメインとしてしばらく働いてようやく手にできるかどうか、というようなものなのだ。

当然、冒険者ギルドでは買い取ってもらえない。

他の人に買い取ってもらおうにも、その価格から誰でもって訳にはいかない。しかしそれだけの金持ちは、信頼できる相手としか取引しないことがほとんどだ。

身分が保証されるとはいえ、冒険者は基本的にハミ出し者。信用という点では決して高くない。

大商人と取引するどころか、会うのすら難しいだろう。

「うーん……」

これがせめて、宝石なら宝石でそればかり出てくるというのなら、どこかの弱小宝石商と組んで成り上がっていくというのは可能なはずだ。

しかしログインボーナスで出てくるアイテムは種類もバラバラで、安定供給とは程遠い。既に様々な商品を取り扱っていような大商人以外には、常に価値あるものを提供し続けることはできないのだ。

コネさえできれば、何らかの分野で価値あるものを提供し続けることはできるので上手くいくはずだ。

問題は、そのきっかけ。

なかなか難しいな……。

考えていても、いいアイディアは出そうになかった。


シャルラ、スパーダとともにギルドで夕食を取ることにした。

ここ最近引っ越し絡みでクエストに出ていなかったし、最新情報には疎くなっているからその情報収集も兼ねての夕食だ。

「よう、なんだか久々だな」

「ああ、ちょっと他のことをしていてね」

さっそく他の冒険者に声をかけられたので、そんな風に雑談をしていく。

こういうところで最近の出来事、近くのダンジョン、現れたモンスターなどの情報が行き交うのだ。

平原に現れるモンスターの数が増えつつあるらしい。ただ、これは時期的な問題なので異常ではないそうだ。俺はまだここに来て日が浅いから、と教えてくれたようだ。

「あとはあれだな、最近、この町や近くの町で女性の行方不明が起きているらしい」

「行方不明？」

比較的治安がいいとはいえ、日本ほどじゃない。当然事件やトラブルは多く起こるものだが、そこで話題に上がるほど、何人もの人が行方不明になっていたのか。

「まあ、基本的に一般の人たちだがな」

パーティーで固まっている上に荒事に強い冒険者は、流石に狙われにくいのだろう。そうは言っても、常に一緒なわけじゃない。俺は同じテーブルのふたりを見た。

「うん？　これでも一応、それなりに腕に覚えはあるぞ」

気づいたスパーダが誇らしげに微笑んだ。シャルラのほうはまるで気にせず食事を続けているようだ。彼女はいざとなれば魔剣モードになって、俺の元へ帰ってこられるしな。

「結構連続で起こってるんで、同じ奴らがさらってるんじゃないかって話になってる。それがらみで護衛の依頼とかは増えそうだ」

冒険者は掲示板をちらりと見てから続けた。

「護衛がついてるからってことで向こうが慎重になってくれれば、危険も少なくて、いいクエストになるだろうな。ただ、何人も誘拐している連中だ。もしかしたら手練かもしれない。そのあたりを受けるときは、一応警戒しとけよ」

「ああ。ありがとう」

一番大きな話はその辺りで、他にも細々とした街の情報、クエストの情報を貰って別れた。数杯おごるだけにしては得られる情報が多い。彼としてもあくまで善意でやっていることだからだろう。

食事を終えた俺たちは、家に戻るために町を歩く。

「家まで戻る景色には、まだ慣れないな」

「間違って宿に行っちゃいそうですよね」

そんな話をしながら歩く町は、これまでと大きく変わったようには感じない。

行方不明が頻発しているといっても、総人口から見ればごくわずかな数なのだろう。

気をつけようとは思うものの、自分や周りの人が被害にあうとは、あまり考えない。

もしくは、いちいち気にしていたら暮らせないほど、実はこの世界は荒れているのだろうか。

「タカヒデ、そっちじゃないぞ」

「あっ、そうか……」

ぼーっとしていたら道を間違えたらしい。スパーダに手を引かれてようやく気づく。

俺だって随分隙だらけで、人のことは言えないな。

「間違いそうって言った直後なのに」

反対の手をシャルラに握られる。俺よりも小さく柔らかな手が俺を引っ張った。

彼女たちに手を繋がれながら、家への道をたどる。

帰り慣れた宿とは違う道。

なんだかとても気恥ずかしいが、悪くない感じだ。

「不思議な感じがするな……」

いきなり異世界に来てから、今日まで。

最初はなにもわからずに森の中をさまよっていた。

すぐにシャルラと出会って、でも周りの人に怪しまれるからすぐには彼女を使いこなせず、最初は低レベルのクエストばかり受けていた。

だけど今では上級職であるスパーダとパーティーを組んで、家まで借りられるようになったのだ。

はたから見れば、自分も一端の冒険者だ。

自分でも気づかないうちに、少しは成長できているのだろうか。

そんなことを考えながら、ふたりに手を繋がれて歩いていた。

三話　スパーダとお風呂で

新しい家には大きめのお風呂がついていた。

これは非常にいいことだ。

この世界では、通常お風呂を沸かすのが面倒だったりする。

お湯が出る蛇口なんてものは当然ないので、水を汲んできてどうにか温めるしかないのだ。

最も一般的なのは、火にかけること。当然といえば当然だ。

昔の日本式のように風呂釜を直接に火にかけるのではなく、熱湯を水で薄めるのが多い。

そのため風呂場の下に薪などを入れるスペースはなかった。

本来なら風呂というのは結構面倒で、だから宿でも風呂のないものが多いのだが、この魔法使いの家にはちゃんと風呂がついていた。

そう、一般的には面倒な風呂も、魔法が使えれば楽なのだ。

ファイアとウォーターという簡単な初期魔法を覚えて、あとはスキルの【複合魔法】を取ればいいのだ。そうするとお湯を出すことができる。

スパーダの攻撃力や魔剣シャルラの性能を考えると貧弱すぎて、魔法を使う機会はなかなかないが、俺は一応魔法戦士だ。

そもそも魔法戦士にしたのだって、このファイアやウォーターなどの魔法が生活に便利だから、という理由もあったし。

そんなわけで魔法を有効活用し、今では毎日気軽にお風呂に入れるようになっていた。

基本は石造りなのだが、それだと冷たいので浴室にはマットが敷いてある。

浴室自体も浴槽も広く、ちょっとした温泉や銭湯のような感じだ。

洗い場に座って、まずはかけ湯。

温かなお湯が背中を流れ、身体を一時的に温めてくれる。と、後ろのドアが開く音がして、そちらへ目を向けた。

「きゃっ！　す、すまん、入ってたのか」

小さく悲鳴を上げたのはスパーダだった。

彼女は風呂場なので当然全裸で入り口に立っていた。

大きく膨らんだ胸に、細いくびれ。隠すもののない生まれたままの姿で、こちらを向いていた。

「そ、そうだ、せっかくだから、背中を流そう」

まだ混乱しているのかそう言いながら、スパーダは俺の後ろに回り込んでくる。

結果として、それで彼女の身体は見えなくなったのだから隠すためにはある意味正解だったのかもしれない。

いや、すぐに出てドアを閉めればよかっただけだと思うけど。

「よっと」

後ろからスパーダが手を伸ばして、石鹸を手に取る。そのとき、彼女の大きなおっぱいが俺の背中で柔らかく形を変えた。

その魅力的な感触は一瞬で離れ、背中が寂しくなる。

「ちゃんと泡立てて……洗っていくぞ」

スパーダの泡だらけになった手が俺の背中に触れた。彼女はそのまま手で俺の背中を撫でて洗っていく。

心地よさとくすぐったさを感じながら、身を任せていた。

「ん、しょっ……手のほうが、タオルよりも丁寧に洗えるからな……それに」

彼女の手が背中でピタリと止まる。

「こうして、タカヒデの身体をはっきりと感じることができる」

背中に触れる手の温かさ。彼女の手が俺の身体を這い回り、撫で回していく。

「さ、次は前だ」

彼女の手が後ろから胸へと回される。身体が密着し、また彼女のおっぱいが俺の背中に押し付けられた。

柔らかく温かな膨らみを押し当てられて、俺の本能が反応する。

「タカヒデ……」

スパーダが俺の耳元で囁いた。

身体が密着した状態でそんなことをされると、理性が吹き飛びそうになる。

「ここ、すごいことになってるな」

「あうっ……」

泡まみれの手が、亀頭を包み込んで撫で回してきた。

石鹸のヌルヌルが敏感な部分を刺激してくる。

「すごく熱いし、硬くなってる」

ニギニギと硬さを確かめるようにしながら、彼女が手を上下に擦り上げてくる。

石鹸のおかげで抵抗が少なく、最初から気持ちよくハイペースでしごかれていった。

「石鹸を使うと、とても滑りがいいな。いつもより大胆に手を動かせる」

シュッシュッと肉槍をしごかれるたび、スパーダの身体も動いてムニュムニュとおっぱいが柔らかく形を変える。

二重の気持ちよさに、早くも果ててしまいそうになる。

石鹸のぬめりでごまかされているが、もう我慢汁も溢れ出して肉竿はピクピクと震えている。

「っと、まだ身体を洗っている途中だったな」

そんな状態で彼女の手が肉槍から離れた。

寸止めで放置された俺はもどかしさのあまり自分で手を伸ばしそうになり、ぐっとこらえた。

「んっ、しょっ……ふっ……」

スパーダの手は腿から足へと下り、順番に洗っていく。

お預け状態のところに艶めかしい吐息を聞かされて、もう俺の我慢も限界だった。

「さて、それじゃ最後に石鹸を流していくぞ」

彼女が桶にお湯を取って俺の身体にかけていく。石鹸が洗い流されるのを待ってから、俺は立ち上がって振り向いた。

「わっ、タカヒデ、急にどうしたのだ？」

彼女は顔のすぐ側に突き出された肉槍と俺の顔に、ちらちらと視線を往復させながら尋ねてきた。

「お預けを食らって我慢の限界なんだ」

「そ、そうか……確かに、この状態のままというわけにはいかないな」

背中に当たっていた胸もずっと気になっていた。

幸い、下はマットで寝そべっても大丈夫なようになっている。

彼女をゆっくりと押し倒して石鹸を手に取った。

仰向けになったスパーダに跨り、その存在感溢れるおっぱいの上で肉槍を振る。

スパーダはその肉槍をうっとりと見上げた。

「この胸を使わせてもらうぞ」

「ああ。好きにしてくれ」

石鹸を手で泡立てて、まずは彼女の胸に塗りたくっていく。

白い泡が胸を覆っていくのに合わせて、柔らかなおっぱいの上をヌルヌルと撫で回していった。

すべすべ感とふんわり感が掌に伝わり、俺の興奮を高めていく。

いつまでも触れていたくなるようなそこから手を離し、いよいよ焦らされ続けていた肉槍をその谷間に挟み込む。

「んうっ……タカヒデのそれ、さっきよりも熱くなってるっ……！　私の胸が火傷しそうだ」

石鹸でぬめった彼女のおっぱいはスムーズに肉槍を受け入れて包み込んだ。

豊かな胸を両側から手で寄せて圧迫する。

「アウッ！　タカヒデ、なんだかいつもより乱暴だな」

「もっと丁寧なほうがいいか？」

肉槍を挟んだおっぱいを少し控えめに揉んでいく。

「いや、乱暴でもいい。タカヒデの好きなようにしてくれ、ンウッ！」

彼女の答えを聞いた瞬間から、おっぱいを乱暴に揉みしだいていく。

ペニスを使ってもみくちゃにしながら、胸の柔らかさを楽しんだ。

「ぐ、そろそろ……」

一度寸止めまでいっていたこともあって、すぐにでも出してしまいそうだ。

彼女のおっぱいをさらに寄せて、乱暴に腰を突き出していく。

石鹸で滑りがよくなっているため、雑なくらいの動きでちょうどいい。

「タカヒデの先っぽが、胸から出入りしてるのがよく見える……ンッ」

彼女も胸を使われて感じてるみたいだ。俺は欲望のままさらに激しく腰を振り続ける。

「ぐっ、出るぞ！」

ビュクッ、ビュルルルルッ！

谷間から噴き出した精液が、スパーダの顔を白く汚していく。

「あうっ、すっごい濃いな……ドロドロしてる……」

タプッタプッと顔面に射精を受けて、スパーダが恍惚の声を上げた。

ドロリとした白濁液が、彼女の顔をナメクジのように這っていく。綺麗な顔が俺の精液で汚れているのだ。

その光景だけで、落ち着きかけたものがまた硬くなっていきそうなほどエロい。

「ん、レロッ……」

スパーダの舌が、顔を流れる精液を舐め取った。

そして、その手が胸に挟まったままの肉竿を握る。

「タカヒデ。次はその……これをわたしに入れてくれないか？」

彼女は顔を上気させながらそう言った。

「ああ、分かった」

それはもう力を取り戻しており、準備万端だ。

俺は一度身体を起こすと、彼女の足の間へと移動する。

両手で太ももを掴んで大きく開かせると、スパーダの秘部はお湯よりもずっと粘度のある液体でしっとりと濡れていた。

「いつの間にこんなに？」

尋ねながら、その入口に指を這わせた。

「はぅっ！　あの、タカヒデの身体を洗ってるときから……」

恥ずかしさからか視線を横にそらしながらそう答えた。

どうやらやましい気分だったのは、俺だけじゃなかったらしい。

そして、焦らされていたのも。

既に一度出した俺はまだ我慢もできるが、彼女はそうじゃないだろう。

こちらを見上げる瞳は潤み、顔は朱に染まっている。そして秘部は待ちわびるようにヒクヒクと震え、愛液を零していた。

その入口に肉槍をあてがい、貫く。

「ンアッ！　はっ、フゥッ！　ズブズブ、奥まできてるっ……！」

彼女の膣内は焦らされた分を取り戻すかのように収縮し、きつく肉槍に絡みついてくる。

「アアッ！　んっ、ウゥッ！」

「スパーダの膣内も、今日はなんだか乱暴だな」

蠢動する内襞が肉槍を責め立てて精液を搾り取ろうとしてくる。

「ンウッ！　だって、ずっと我慢してたから、ハウッ！」

一突きするたびに愛液が溢れ、接合部から漏れ出してくる。

グチュグチュとかき回されて泡立ったそこに、肉槍をさらに突き立てた。

「ハッ、あ、アァッ……！　ん、ウゥッ！　イク、もうイクッ！」

彼女の足が俺の腰に回り、がっちりとホールドする。

そして下からも腰を突き上げてきて、肉槍を奥まで飲み込んで逃さないようにした。

「あっあっ、イク、イクイクッ！　アウゥッ！」

剣士としての引き締まった腰が、びくびくと細かく震えている。

「は、アァッ、イックゥゥゥッ！」

俺が太ももにぎゅっとしがみついて一番奥まで肉槍を擦りつけると、スパーダは嬌声を上げて絶頂した。

「ぐっ、俺も……イクッ！」

絶頂のきつい締めつけを受けて、たまらずに射精した。

彼女の一番奥で精液がドプッドプッと噴き出し、その膣内を満たしていく。

「ンアッ！　熱いの、いっぱい出てるっ……！」

足で腰にしがみついたままのスパーダが、身体を震わせた。

その真っ白な身体から徐々に力が抜けていき、やがてマットの上で脱力した。

ペニスを引き抜いた俺は風呂用の椅子に腰掛けて、仰向けのままのスパーダを眺める。

「こうしているとまた……っと、流石に風邪をひきそうか」

ひとまずスパーダの身体を洗って、ちゃんと温めてやらないといけないだろう。

俺は広いお風呂の良さを存分に味わえたことで満足して、ふたりでゆっくりと湯に浸るのだった。

ズンッ!
あっ
ぞく
んっ♡
ハーッ♡
ぞく♡

四話　ダンジョン攻略依頼

五日目ログインボーナス！
●スナッフウェポン

今日のログインボーナスは、見たことのないアイテムだった。

形状は巻物型で、見たところ使い捨ての魔法かな。前に一度出た巻物型のアイテムがそうだったし。しかし、だとすると、これもまた使い勝手の悪い魔法なのだろう。

以前のメテオストライクは強力な魔法であるかわりに、強力すぎて過剰な範囲に被害を与えてしまうため、おいそれとは使えない代物だった。

「シャルラはこの巻物知ってる？　スナッフウェポンっていうんだけど」

名前からしてろくな気配がしない。これが普通の魔法なら、なくした武器を見つける、なんて穏当な効果の可能性もあるが、巻物から感じる邪悪な気配がそれを否定していた。

「す、スナッフウェポンですか？」

シャルラが引きつりながら聞き返してきたので、静かに頷いた。これ完全にやばいものだな。

「えーっと……それは知的存在の魂を使って武器を作り出す禁呪です。ほぼレジスト不可で相手を無力化できる上に、作られた装備は相手の強さに比例するので、ものすごく強い術ですよ。……当然、表だって使えるものではありませんし、持っているだけで捕まるかもしれないレベルです」

「うわ……」

想定以上にろくでもない代物だった。持っているだけで捕まるかもしれないアイテムとか……。

「元々は魔剣制作の一種として考えられた魔法ですね。一から作り出すのではなく、ありものの魂を使えば簡単に強くて喋る魔剣が作れる、と。実際、成功はしているのですが流石に非人道的だということで禁止されています」

まともな状態では使えない魔法だな。自分を殺しに来た敵が尋常じゃなく強く、どうしようもないときの切り札とかかな。

「どんな武器にするかも選べるのですが、あまり気分の良い物じゃありませんね」

シャルラは純正の魔剣だから、まがい物の武器に対して思うところがあるのかもしれない。

俺はといえば、最初こそびびっていたものの、少し冷静になるとそう悪い魔法でもない気がしてきている。

もちろん、まるで罪のない人間を強い武器を作るためだけに生け贄にするのは問題がある。だけど敵や悪人ならば――元々殺すしかない相手なら一考の余地はある気がする。

人としての死を踏みにじることになるから、そう安々とは使えないだろうけれど。

「これ、死にかけた相手に使うとどうなるんだ？　意思は残るんだろ？」

「はい。能力は死にかけても落ちませんから、強力な武器にはなります。大切な人を、意識だけでも延命させるという意味なら、術者のほうは満足のいく結果だと思いますよ。ただ、かけられた相手がその姿で生きていたいかどうかは別ですが……」

シャルラの言う通り、術者側はたとえ姿を変えていても生きていてほしいから満足だろう。だが、武器になったほうはどうか。場合によっては、最初はそれでいいと思うかもしれない。死ぬのは嫌だ。意識だけでも残るならそのほうがいい、と。

でも、時間がたてば？

武器になった自分をどのくらい許容できるのだろう。あとになって、人でないことに苦痛を感じるようになる人間は多そうだ。

それに魔剣の類いは基本的に劣化しない。つまり、何百年も剣であり続ける。術者が死んだあとも、武器は残り続けるのだ。

自ら死を選ぶこともできず、半永久的に武器として意思を持ち続ける。それは人の魂に耐えられることなのだろうか？

「……やっぱり、使う機会はなさそうだな」

むしろ、ないことを祈る。

アイテムボックスにスナッフウェポンの巻物をしまい込んだ。

† † †

「お願いがあるのです」

突然家を訪ねてきたのはギルドの職員だった。

彼の顔自体は初めて見るが、ギルドの証を持って現れたので関係者なのだろう。普段は奥に引っ込んでいる立場なのかもしれない。

彼についてきたふたりのうち、片方は冒険者らしきボディーガードだった。

三人にお茶を出して、こちらも三人で向かいに腰掛ける。

「それで、何かあったんですか？」

改めて問いかけると、職員は大きく頷いて話し始めた。

「はい。最近、この町や近くの町で女性が行方不明になる事件が続いているのです。それで困っていたのですが……」

中央の職員がボディーガードでないほうに目配せすると、彼は資料を取り出した。

机の上に広げられたそれは地図で、ダンジョンに×印がついていた。

「以前、皆さんに攻略していただいたダンジョンのすぐ近くに、新しいダンジョンができているのです」

彼はそこを指差しながら続ける。

「女性が行方不明になっている他の町との位置関係を考えても、このダンジョンがとても怪しいのですが……」

彼は困ったような表情を浮かべて、小さく首を振った。

「このダンジョンはレベルが高く、一層目から前回のダンジョンの下層並のモンスターが出てしまうのです。そのため周囲の町にいるほとんどのパーティーではまともに中を調べることも難しく、調査が行き詰まってしまいました」

視線を真っ直ぐこちらへ向けて続けた。

「そこでもし可能であれば、前回のダンジョンを攻略して下さった皆さんに調査していただけたらな、と思いまして」

そう言うと懐から紙を取り出して、こちらへと提示した。そこに書かれていたのは、前回のダンジョン攻略でもらった報奨金の三倍の額だった。ものすごい額だ。

「直接お願いしていることと、行方不明の女性のなかに貴族の娘の方がいらっしゃることから、この金額をご用意させていただきます。どうか、ご協力いただけないでしょうか？」

「なるほど」

俺は頷きながら、スパーダに目を向ける。同じようにこちらを窺っていた彼女と目が合うと、小さく頷いた。

「こうしてわざわざ頼ってくれているんだ。私は可能なら受けたいと思っているのだが、どうだろう」

「ああ。俺も同じだ。行方不明が続くなんて穏やかじゃないし、ダンジョンもどのみち放ってはおけないしな」

「そうですよね。困っているのを見過ごすなんてできませんし」

シャルラも俺の言葉に同意した。

前回よりも危険だというのは少し気になるが、その分準備をしっかり行えば大丈夫だろう。

この前のダンジョン攻略もまだ大分余裕があった。油断はできないし、いざとなれば撤退も考えたほうがいいが、最初から尻込みするほどではないはずだ。

「それでは……」

「ええ。お受けします。準備をしてから出発します」

「ありがとうございます」

ギルドの職員は明るい表情をしながらお礼を言うと、程なくして立ち上がった。

「それではお邪魔にならないよう、お暇《いとま》させていただきます」

彼はもう一度礼をすると、玄関へと向かった。それを見送って、俺たちはダンジョンへ向かう準備を始める。

前回の報奨金が予想以上だったため、最近はこまごましたクエストしか受けていなかった。だからアイテムのチェックは必須だ。とくに回復系のアイテムは入念に。

俺にはボックスもあることだし、たくさん持っていて困るということはない。

「よし、大丈夫だな」

チェックを終えて立ち上がる。基本的に荷物は俺が持つことになっているので、ふたりの準備はもうできていた。といっても、魔剣として同行するシャルラにはそもそも準備もないのだが。

「じゃあ、さっそく向かおうか」

ふたりに声をかけて、ダンジョン攻略に乗り出すのだった。

五話　行方不明者の捜索

「はっ、やぁっ！」

今回も、ボーンナイトを切り裂きながら先へ進む。

確かに聞いていた通り、前回のダンジョン終盤くらいのモンスターが最初から出てきている。

いざとなれば聖属性を付けられることもあってまだまだ余裕はあるが、後半どうなってくるかわからない。レベルの高いダンジョンは、階層自体も多く、深くて広いことが多い。立ち込める瘴気も濃く、モンスターも強くて多いのだ。

「今のところ、変わった様子はないな……」

行方不明の女性たちは、本当にこの中にいるのだろうか。

確かに、このダンジョンに連れ込まれたら、自力での脱出は難しいだろう。下手に逃げ出すよりは捕まったまま守られていたほうが生存率は高そうだ。

「やっ！　せいっ！」

敵がスケルトン系ということもあり、骨を断つための分厚く重い剣を振るスパーダが次々とボーンナイトをなぎ倒していく。今回は先のことを考え、セイントメダルを温存しているのだ。

もちろん、危なくなりそうならすぐにでも使うが、余裕のあるうちは聖属性に頼らないで進んでみることにしていた。

スパーダの腕やシャルラの切れ味があれば、聖属性がなくても苦戦はしない。

流石に属性付きのときのような、バターを切るようにとはいかないけれど、こちらの攻撃はしっかりと通り、ボーンナイトを圧倒していく。

岩肌の洞窟をどんどんと進んでいくが、やはり広いためかなかなか下の階層に下りるための階段が見つからない。

前のダンジョンと違い、先を進んでくれているパーティーがいないのでマップもないのだ。

手探りで進んでいくダンジョンは、実際の広さ以上に大きく感じる。

進んでいるのかどうなのかが分からず、地道にマップを書き込んでいく。こまめにそのお手製マップを見つめながらの攻略だ。

「モンスター一体一体は問題ないけど、この広さに精神力を削られそうだな」

「うむ。そして注意力が落ちてくると、本来容易く倒せるはずのモンスターからも思わぬ攻撃を受けるしな」

スパーダは注意深く頷きながら剣を握り直していた。

彼女はここと同じか、それ以上のダンジョンにも潜ったことがあるのだろう。

スパーダが前に所属していたパーティーのことはよく知らないが、とても強かったらしいということだけは酒場の噂で聞いていた。

なんとなく聞いていいものなのかどうか迷って、尋ねるタイミングを逃したままだ。

「おっと。このっ」

色違いのボーンナイトが振りかぶった剣を受け止める。

「んうっ！　あぁっ！」

魔力を込めたシャルラで押し返し、体勢を立て直す。

この階に来てから、ボーンナイトのレベルが上った。さらに時折出てくるこの色違いは、より強い個体みたいだ。このくらい強い敵になると、魔力なしでは少しきつくなってくる。

幸い、このダンジョンの中では他の冒険者に出会うこともないので、シャルラが喘ぐのも気にせず魔力を使っていくことにした。

「んぁっ！　は、ぅんっ！」

彼女の喘ぎ声とともに、その色違いボーンナイトへと斬りつける。

骨が綺麗に断ち切られ、ボーンナイトが崩れ落ちた。魔力さえ注いでいれば、まだまだそう苦労する相手ではない。だけど、どんどん敵が強くなっているのも確かだ。

「はっ、やぁっ！」

スパーダはソードブレイカーでボーンナイトの剣を受けると、手首を捻って絡め取りながら、魔剣シュトラーフェで骨を断ち切る。

単体切断特化の魔剣はボーンナイトをもたやすく斬り裂く。

「聖属性付与を使わなくても、シュトラーフェ様に頼っていると自分の頭を使わなくなってしまいそうだ」

スパーダは言葉とは裏腹に、楽しそうにそう言った。

シャルラは魔力次第で大量の敵を一気に斬り裂くことができるが、剣というのはそもそも基本的に単体を相手にするものである。

単体を斬り裂くことに特化した魔剣シュトラーフェは、単純にとても強い剣ということになるのだ。

切れ味がいいだけの剣が魔剣と呼ばれるからには、それだけ異常な切断能力がある、ということである。例えばドラゴンのウロコのような、本来斬れるようなものではなく、引き剥がして倒すなり隙間に差し込んで倒すなりするものでも、考えずに斬り裂くことができる。

いくら強化されているといっても、ベースが人骨のボーンナイトでは相手になるはずもない。

「セイントメダルはまだ使ってないけど、そろそろ気をつけたほうがいいかもな……」

装備がいいから充分な余裕はあるが、魔力を込めたシャルラにしてもシュトラーフェにしても、既に装備としてはいちばん良いものを使っているのだ。

ここから先は徐々に余裕が崩されていくだけになる。

改めて気合を入れ直し、ダンジョンの奥を目指した。


広大なダンジョンにも慣れてきて、警戒はしながらもサクサクと進むことができるようになっていた。

構造的にすり鉢状になっているようで、階層が降りていくほど一層一層は狭くなってきた。

進むほど手が入って、人工的になっていくのは前と同じらしい。

発展していくダンジョンの中はもう地下室のような作りになっていて、終わりを予感させる。

「でも、まだ見つからないな……」

行方不明とされる女性たちのことだ。

今回のクエストはダンジョンの攻略そのものということになっているが、行方不明の人たちが捕らわれていないかを調査するのも大切な目的だ。

必ずこのダンジョンに捕まっていると決まっているわけではない。しかし、捕らわれていないならいないで、それを確認しないといけないのだ。

ボスだけ倒して放置してしまえば、万が一にも被害者がここにいたとき、人々がダンジョン内で大変なことになってしまうかもしれない。

「いるなら、そろそろ見つかってもよさそうだが……」

スパーダが周囲に目を向けながらそう呟く。

もうゴツゴツした岩肌むき出しの洞窟などではなく、きっちりと造られた地下室だ。

整っているからこそ不気味なその地下室を、さらに奥へと進んでいく。

「ねえ貴英さん、あそこ、おかしくない？」

シャルラの声に視線を動かすと、細い横道からわずかに光が漏れていた。

「確かに、何かありそうだ。スパーダ」

「ああ」

彼女にも声をかけ、警戒しながらその脇道へと進んでいった。

六話　魔族の企み

ダンジョンの奥にある一室。

この階層全体が地下室のような作りになっており、その部屋はまさに地下牢だった。

どのように用意したものか鉄格子がはめられ、入り口を守るのはふたりの兵士。ただ、兵士の視線は外ではなく、看守として牢屋の内側に向いている。

牢の中には十名の女性がいて、そのうちのひとりがナタリアだった。

薄暗い牢の中にあっても金色の髪は長く艶やかで、その優しげな瞳は曇っていない。無論、とらわれていること、このあとの扱いに対する恐怖はあったが、彼女の目はまだ前を向いていた。

捕らわれた女性は抵抗できないようにか、皆が下着姿だ。

ナタリアのとても豊かな胸は、彼女が動くたびに柔らかそうに揺れる。

その胸に母性を求めてか、幼い少女がナタリアに抱きついていた。

「大丈夫ですよ」

彼女はその少女を抱きしめ、撫でて落ち着かせていた。

抱きしめられた少女は、彼女の胸の中で少し落ち着きを取り戻す。

ここにいるのは童女と呼べるような年齢から成人している女性まで様々だが、総じて若かった。

見張りの兵士たちは、ときおり牢屋の中を熱心に覗き込み、下着姿でいる彼女たちに欲望の眼差しを向けた。

その視線は日に日にギラつきを増している。

だが、見張りとして置かれている兵士たちもまた、半ば捕らわれているとも言えた。

この地下牢周辺こそモンスターが寄ってこないようになっているが、牢屋を出てすぐ横の階段を上がれば、そこは高難度ダンジョンの真っ只中。

少し腕に覚えがある程度の、この見張りたちではとても切り抜けることはできない。今は休憩中の四人を加えた六人で逃げ出したところで、ひとりも生きて地上には出られないだろう。

だから彼らは、おとなしくここで牢を見張っているしかなかった。

彼らはただ、牢の中の彼女たちがおかしな動きをしないか見ていることしかできない。ここへ連れてこられ、そう命令されたからだ。

最初は捕まった女性たちに同情的だった彼らだが、閉じ込められるうちにストレスと性欲が溜まり、徐々に牢の中へ濁った視線を向けるようになっていた。

「くっ……剣さえあればな……」

そうつぶやいたのは、牢の中の女性のひとり。

彼女は冒険者で、戦士の職についている。前衛としての戦闘をこなすことができ、このなかでは一番強かった。

そうはいっても、おそらく彼女では見張りのふたりを倒すのが精一杯で、奥から出てくる残り四人に囲まれてしまえばどうしようもないだろう。

当然、牢から出られたところで、ダンジョンに入ってしまえばすぐにやられてしまう。冒険者としての職を持っているのは戦士の彼女と、クレリックのナタリアだけだった。他の女性は皆普通の村人で、戦闘能力はまるでない。

見張りのいやらしい視線から逃れるように、少しでも自分の身体を隠すことしかできなかった。

「ひうっ……」

十代半ばの少女が、兵士のいやらしい視線を受けて自分の身体を抱くようにした。

だが、発育のいい彼女の胸はその動きで柔らかそうに形を変え、かえって男の情欲を掻き立てる一方だった。

怯えた表情もまた、一部の男にとってはたまらないものだっただろう。とくに、このような抑圧された状況では、弱いものを嬲ることに快感を覚えやすくなっている。

少女の瑞々しい身体を、粘ついたオスの視線が這い回る。

強調されるように押し出された乳肉や細いくびれ、そして薄い下着一枚に覆われただけの秘部に視線が這っていく。

少女は身をすくませてその視線を受けていた。

猥雑な視線が質量を持って少女の身体を視姦する。

欲望まみれの視線は少女に大きな恐怖と、わずかばかりの歪んだ快感を与えた。

男の欲望を浴びることに、わずかとはいえ気持ちよささを感じてしまったことが、少女にさらなる恐怖を与える。

自らの貞操観念が揺らぎ、心を乱れさせられる。

そんな怯えのなかだというのに、彼女の奥からは愛液が染み出していた。

そのはしたない姿を見られないように、彼女は足をギュッと閉じる。

甘い痺れがゆっくりと広がって彼女を混乱させていた。

こんな状況なのに、感じ始めている……。

意識した途端、疼きは全身の性感帯に広がっていき、肌が熱を持ち始める。

恐怖なのか快楽なのか分からないその反応に、少女は顔を伏せて身を震わせていた。

「お前ら……ひっ……！」

戦士の女性がたまらず前に出て声を上げるも、男たちの視線を受けた途端小さく悲鳴を上げた。

ギラついた目は彼女にも向けられる。

胸はさほど大きくないが、戦士ということもあって引き締まった身体をしていた。腹筋は薄く割れ、筋肉も適度についている肢体は単純な柔らかさとは違った魅力を持っていた。

慣れない男の視線にたじろぐ様子も、またオスの欲望を掻き立てる。凛々しい女戦士を堕したいというのは、男のなかにはそれなりに見られる願望だ。

なんとか踏みとどまった彼女だが、欲望の視線から目をそらした結果、彼らの下半身を見てしまった。

ズボンの上からでも分かるほど、そこは大きく膨張している。

隆起したその中には、男性の器官があるのだとはっきり分かった。

形がハッキリと出てしまいそうなほどズボンを突き上げ、猛っている。彼らはもう、生殖の準備ができているのだ。

その滾った欲望を目の前のメスにぶつけたくて仕方がない。

はっきりとそれを感じさせるほど男たちの股間は目立っていた。

「あ……う……」

彼女も生娘といえど冒険者だ。オスのそれを見たことがないわけではない。あるいは、むしろ見たことだけはあるからこそ、ズボンを突き上げるその肉槍を想像できて、より恐怖を抱くのかもしれない。

しかしここまで露骨に、それもしつこく情欲を向けられる場面というのはあまりない。飲みの席で執拗に誘われるときも、もう少し言葉で包み隠してあるものだ。

ギラついた視線と隠しもしない勃起は彼らの男を強烈に意識させるとともに、彼女自身の女を意識させるものだった。

「なあ、ずっとこんな場所に閉じ込められて、俺もう我慢できなそうだ」

男がもうひとりにそう声をかける。止めるべき相方の男は、その言葉に頷いた。

「ああ。こんな姿を見せつけられて、我慢するってほうが無理だ」

溜まりに溜まった欲望は彼らから理性を奪い、肉槍の本能が命じるまま行為に及ぼうとしていた。

男の視線が牢の全体に向く。

女性たちは怯え、互いに身を寄せ合った。

誰を選ぶ、というものでもない。ただ欲望に従って、何人でも抱けばいい。

理性の溶けた男は鍵を取り出し、牢の扉に差し込んだ。

女性たちが恐怖に息を呑む。

「何をしようとしてるのかしら？」

突然横から現れた女性が、咎めるように声をかけた。

その声に思わずびくりと身をすくませ、そちらへ目を向ける。

男たちの視線の先には、彼らをここに連れてきた魔族が立っていた。尻尾と羽を外に出すために、際どい格好をしている女性。その金色の瞳が、男たちを捉える。

彼女――アルカは男たちに歩み寄る。

彼らは一歩あとずさったものの、それ以上身体を動かすことができなかった。

「あたしがなんのために、どういう条件で彼女たちを集めたか、知っているわよね？」

目の前に来たアルカを見て、男たちが唾を飲んだ。

「儀式には処女の血と魂が必要なの。あんたたちにやられちゃったら意味ないでしょ」

アルカの両手が、それぞれ男の股間を握りしめた。小さく声を上げる男に構わず、その手にグリグリと力を込める。

「彼女たちに手を出すようなら、あんたたちのこれ、ちょん切っちゃうわよ？」

「ひっ……」

先程は嬲る側として優位に立っていた男たちだが、アルカの登場で自らの立場を思い出すことになった。

彼らはアルカの行動次第で、どうとでもされてしまう存在なのだ。

儀式に必要ない分、牢内の彼女たちよりも立場は弱いかもしれない。

「次はないわよ？　もう少ししたら人数も揃うんだし、そしたらあんたたちも開放してあげる。それまで、我慢できるわよね？」

「は、はいっ……」

男の片方がなんとか声を出し、もうひとりも全力で頷いた。アルカの手はまだ男たちの膨らみを握っており、欲望に猛ったそこを刺激している。恐怖とは別の理由で、男が腰を引き始めた。

「こんなに膨らませていたら、収まりがつかないでしょ？　交代の看守に声をかけてあげるから、あんたたちは一度自分で慰めて冷静になってきなさい」

「わ、わかりました……」

アルカから開放された男たちはそそくさとその場を去っていった。

アルカの視線が牢の中へ向く。彼女の目はその中でもナタリアに注がれていた。

牢の中の全員が生贄となるのだが、なかでも中心となるのがクレリックのナタリアだ。彼女の魂が一番純度が高く、楔《くさび》とするのに最適だった。

アルカの視線による圧力で、幼い少女はナタリアから離れた。

ナタリアはその視線を受け止めて、アルカを見つめ返す。

無言で見つめ返すナタリアに、アルカが意味ありげな笑みを浮かべる。

その反応に戸惑うと、彼女が声をかけてきた。

「いい目ね。強くて澄んでる。ちょっと反抗的だけど」

アルカが牢に近づくと、ナタリアが身を固くする。

先程の話が本当なら、遠からず彼女たちは儀式に使われて殺されてしまう。

その恐怖と、男たちの欲望に晒されることとで、囚われている女性たちの目は濁ってきている。

そのなかでナタリアだけが、囚われた当初と変わらぬ輝きを宿していた。

彼女だけが、心を保っている。

「もうそろそろね」

牢の中にいる女性の人数を数えたアルカは満足げに去っていった。

すぐに、交代の見張りが現れる。

自力で逃げ出すことはできない。ナタリアには状況を好転させる力がなかった。

だから、静かに祈ることにした。何かの拍子に願いが届くことを信じて、祈り続ける。

十分ほど祈っていると、交代の見張りだった男たちにも、欲望の火が灯り始めていた。

今度の彼らはナタリアの豊かな胸に釘づけだった。祈りを捧げるために手を組んで、胸が寄せられていたのもあるのかもしれない。

「あっ……」

その欲望の視線に嫌悪感を抱き、身をすくませる。

ナタリアが怯えた次の瞬間、牢の外から光が差し、大剣を担いだ男性が現れた。

七話　行方不明者の発見

「ふたりだな」

スパーダが小声で呟いた。横道に入ると階段があり、奥に多くの人の気配がした。そこで彼女が密かに様子を窺い、状況を確認したのだ。

「見張りがふたりなら一気にやれるか。もちろん、そのあと増援は来るだろうけど」

「ああ。それにしても人間とはな。ちょっと厄介だ」

モンスターなら殺してよくて、人間はダメというわけでもないはずなのだが、やはり心情的に人間を斬るのは抵抗が大きい。

それに加えて、見たところ彼らはたいした実力者でもなく、行方不明者同様ここに連れてこられてしまえば自力では脱出できないようなレベルだったことも大きい。

そこでまずは彼らに声をかけて、情報を引き出してみることにした。

実力差がありすぎるので、不意打ちするまでもない。上手くすれば穏便に済ませられるので、そのほうがよかった。

「じゃあ行こうか」

そんなわけで、俺は魔剣のシャルラを担いだまま、その階段を下りていった。

薄暗い階段を魔法で照らしながら歩く。牢の前にいる兵士が真面目に警戒していれば気づかれるだろう。いや、むしろ気づいて身構えてくれていたほうが都合がいいのだ。不意打ちにならない分、話を聞いてもらいやすい。といっても、相手から不意打ちをかけられる可能性はあるけど。

これはやっぱり、実力差がよほどないとできない選択だ。

殺気を感じないまま、階段を下りきる。通路は狭く、左手側に牢があって、奥に道は続いている。

牢の前には看守がいたが、彼らは食い入るように牢の中に目を向けていた。

スパーダが素早く奥側に回り込んでも気づかない。挟み撃ちになった状態でようやく声をかけることにした。

「ちょっといいかな」

「なっ！　お前は、どこからっ!?」

大げさなくらい驚いた兵士がすぐに武器を構える。

「争う気はない。このダンジョンを攻略しに――」

「問答無用！」

焦りそのままに、片方の兵士が切り込んできた。だが、速度は大したことない。刃が当たらないようシャルラを横向きにして、冑に包まれた頭を軽く殴る。ゴンッといい音を響かせて、兵士は横にあった鉄格子にぶつかり、そのまま気を失って床に倒れた。

「や、やりすぎですよ、貴英さん」

シャルラが慌てたような声を出して倒れた兵士を心配した。

「そんなに力は入れてなかったが……」

「レベル差を考えてください。今の貴英さんがわたしで本気で殴ったら、人間の首なんて簡単に跳んじゃうんですから」

「お前、さらっとグロいこと言わなかったか……？」

シャルラの切れ味に頼ってモンスターを倒しているうちに、俺自身もレベルアップしていたらしい。まだスパーダやシャルラに相応しいほどではないが、それなりの冒険者にはなれていたみたいだ。

「話を聞かせてもらえるかな？」

「あ、ああ……」

相方がやられて構えようとしたもうひとりだが、回り込んでいたスパーダによって後ろから首筋に剣を突きつけられ、両手を上げて降参していた。

こうしてみると、スパーダは結構怖い。実力者だし場慣れしているため、放つ殺気が桁違いだ。普段の、剣に頬ずりしている残念なスパーダとは別人に思える。

「なんかいろいろと心外なのだが……」

俺の顔を見たスパーダが、嫌そうな顔で呟いた。顔に出ていたようだ。ともあれ、これで少しは穏便に――。

スパーダの剣が少し離れた途端、兵士は身を捩って武器に手をかけ……そのままスパーダに肩を蹴り飛ばされて壁に激突した。この状況で反撃に出るとか、無謀にも程がある。

蹴り一撃で気絶してしまったらしい。普通なら殺されているところだ。

「かなり好戦的だったな」

「見張りの彼らも、気が立っていたのかもしれないな」

予定は少し狂ったが、とりあえず行方不明になっていた女性たちは無事に見つけることができた。中の女性たちはみんな下着姿で、監禁のせいか疲れて見えた。人によって疲労度が違うのは、連れてこられたタイミングと本人の性格だろう。

奪った鍵で牢を開けると、何人かの女性が早く出ようと立ち上がって駆けてきた。

「牢は出ていいけど、階段の向こうは危険だからな」

念のため釘を差して、話が聞けそうな人を探す。すぐに出てきた人たちはそれだけ追い詰められていたということで、おそらく冷静に話を聞くのは難しいだろう。

「あの……」

「うん？」

いち早く声をかけてきたのは、金髪の女性だった。

優しげな表情は牢の中でもくすんでおらず、疲れはあるのだろうが、気はまだしっかりとしているようだった。

「大丈夫ですか？」

話を聞くため、彼女に近寄りながら尋ねる。牢の中に入ると、彼女の近くにいた女の子が少し離れたところから、不思議そうにこちらを見ていた。

「はい。ありがとうございます。ですが気をつけてください。ここにはまだ強力な魔族がいるのです」

「捕まっていたところ申し訳ないが、詳しい話を聞いても？」

「ええ。わたくしに分かることはすべてお話しさせていただきます」

まず詰め所の位置と人数を聞いた俺たちは、素早く残る四人を気絶させると話を聞きに戻った。

彼女はナタリアという名で、クレリックらしい。回復魔法を使える職だ。他の女性たちより落ち着いているのも、冒険者だからかもしれない。

ナタリアほどではなかったが、もうひとり戦士だという冒険者の女性も、やはりある程度は落ち着いていた。先程彼女がちらっと言っていたように、ここには強力な魔族がいるらしい。そいつが彼女たちをさらって連れてきていたのだ。

「なんでも、生娘の血と魂を使って儀式をするためだとか」

これだけの人数を集めるということは、よほど大きな儀式なのだろう。

「そろそろ揃う、と言っていたので、危ないところでした」

「なんとか間に合ったようでよかったよ。それで、すまないんだが……その魔族がどこにいるかって分かる？」

「はい。彼女がいつもいる部屋の場所は分かります。それと、わたくしは回復魔法を使えるので、もしよければ一緒に連れていってください」

「ああ。ナタリアが大丈夫なら、そうしてくれるとありがたい」

なにせこっちのパーティーは魔法戦士と魔剣とバーサーカーで、防御や回復とは縁遠い脳筋なのだ。

そこで、戦士の女性にも声をかける。

「すまないが、魔族を倒して戻ってくるまでの間、ここで他の女性たちを守っていてくれないか？」

そこで少し彼女に近づき、小声で続ける。

「兵士は縛り上げたしモンスターはこないからおそらく安全だとは思うけど、人によってはまだ怯えていたり、ついつい階段を上がってしまうことがあるかもしれない。その辺りの面倒を見ていてほしいんだ」

「ああ、わかった。ついていっても役に立てそうにないし、そうさせてもらおう」

そう言って頷いてくれた。俺はナタリアのもとへ戻り、声をかける。

「じゃあ行こうか。大丈夫？」

「はい。あ、でも装備が……きゃっ！」

そこで自分の身体を見下ろしたナタリアは、下着姿であることを思い出したのか、悲鳴を上げてかがみ込んでしまった。彼女は身体を隠そうとしたまま、顔を赤くしてこちらを見上げる。

「あの……あまり見ないでください。わたくしったら、こんな格好で……」

場所が牢だったしとくに気にしていなかったのだが、そうやって恥ずかしがられると、こちらも意識してしまう。

ナタリアはかなり美人だし、胸もとても大きい。両手で隠そうとしても、こぼれ落ちてしまいそうなほど柔らかそうに形を変えて誘ってくる。俺は、慌てて顔をそむけた。

「待っててくれ、何か探してくるから」

誘惑を振り切って、その場を離れたのだった。

八話　巻物の使いみち

ナタリアたちの装備品は、詰め所横の部屋で見つけることができた。

服装を整えた彼女の案内で、魔族の待つ部屋へと向かう。

この辺りにはモンスターがいない。魔族が結界を張っているため近寄らないのだ。

しっかりと石の並べられた地下通路を、ナタリアの指示に従いながら歩いていく。

ここまで入られることは想定していなかったのか、罠などはなく、無事にその部屋までたどり着いた。

俺とスパーダはセイントメダルで武器に聖属性を付与しておく。

アンデットほどではないが、魔族にも聖属性は有効だ。

「プロテクト」

そしてナタリアの魔法で、物理、魔法両方の防御力を上げてもらった。これまでは攻撃魔法しか知らなかったから、魔法で強化されるのは新鮮な感じだ。

身体の表面を魔力が覆っているのが分かる。

準備は万端だ。

「よし、開けるぞ」

ドアを開くと、魔族の女性が警戒してこちらを見ていた。

「突然気配を感じたから何かと思えば……冒険者がここまでたどり着いているなんてね」

彼女は薄い笑みを浮かべて構える。その表情には自信が窺えた。それもそのはずで、ボスクラスのモンスターと比較しても、魔族はそれ以上に強力だ。

多くのモンスターや人間よりも高い魔力を持ち、強力な魔物を従える知能も持つ。

通常ならば強敵の多い、ずっと西側のエリアにいるはずの存在だ。それが、こんな並レベルのダンジョンに来ていたなんて。

本来ならありえないことだ。しかし、こうして出会ってしまった以上、やるしかない。

こちらも構え、彼女の攻撃に備えた。

「すぐに片をつけてあげるわ」

彼女の手から風の刃が飛び出して、先頭にいた俺へと飛んでくる。

「んぁっ！」

魔力を込めたシャルラで、その魔法を斬り裂いた。

「結構やるみたいね。それならっ」

今度は三つの火の玉を出し、俺たち三人に向けてそれぞれ放つ。

俺は再びシャルラで魔法を切り裂く。スパーダが同じように魔法を断ち切り、魔法への抵抗が強いらしいナタリアは杖で受けきっていた。

その隙に、魔族はナタリアへと襲いかかる。彼女の手には細身の剣が握られており、その切っ先がナタリアへと向かう。

「ぐっ」

スパーダが間に入り、魔族の攻撃を受け止めた。剣同士のぶつかる音が響く。

その隙に横から狙うが、魔族は素早く身を引いて躱した。

一直線に襲ってくるモンスターと違い、魔族はこちらの行動を読んで対応してくるので厄介だ。

「ダブルスペル、フレイムアロー！」

牽制のため魔法を撃ち、行動範囲を狭めようとする。しかし魔族は多少のダメージ覚悟でフレイムアローを受け、そのままこちらへ切り込んできた。

「くっ、このっ」

シャルラで攻撃を防ぎ、押し返す。足を止めると不利だと分かっている魔族は、すぐに切り替えて一度引き、体勢を立て直した。

ナタリアが後ろから魔族に魔法をかける。だが、それは抵抗されてしまい、上手くかからなかった。

「スピードダウン！」

ナタリアは逆に、こちらにスピードアップの魔法をかける。身体が軽くなり、素早さが上がった。

「スピードアップ！」

速度を増したスパーダが魔族に切り込む。これまで攻勢だった魔族はスパーダの剣を受け止めてあとずさった。

すかさず俺が追い打ちをかける。バックステップで躱されるものの、そこをスパーダが詰めた。

「させるか！」

魔族が無詠唱で火球を放った。簡単な魔法で威力もそこまで大きくはないが、真正面からくらえば危険だ。

スパーダが身を躱し、その隙に魔族はなんとか体勢を立て直した。

「やはり、たまにはこうして強い相手と戦うのも悪くない」

スパーダは魔剣を構えながら言った。その顔には喜色が浮かび、纏う雰囲気もこれまでとは違う。

「ん、あぅっ……！」

それに合わせて、俺も魔力を限界まで開放した。シャルラが小さく声を漏らす。

「はっ」

これまで以上の速度で踏み込んだスパーダの一閃。魔族はなんとかそれを防ぐものの、大きく体勢を崩す。

そこに俺が飛び込み、魔剣を振り下ろす。大剣以上のリーチを持った斬撃は下がっても躱せず、魔族は横に飛ぶしかなくなった。

それを待っていたスパーダの二撃目がついに魔族を捉えて切り裂く。

「ぐあぁっ、ぐっ……」

肩から深く斬られた魔族はうめきながらも後ろに転がって距離を取る。

致命傷こそ逃したものの、勝負はついた。

ただの人さらい相手ならもう充分だが、彼女は生贄を捧げる儀式を行おうとしていた危険人物だ。

このまま逃がす訳にはいかない。

魔剣を構え、彼女に近づく。

「ぐっ……どうやらあたしの負けね……でも、覚えておきなさい」

彼女は絶体絶命といえるこの状況で、不敵な笑みを浮かべた。

「不死の呪いを受けているあたしは、どれだけ斬られたところで死なないの。必ず復活するわ。そして今度こそ儀式を成功させて、あんたたちを殺しにいく」

魔族の表情を見る限り、ただのハッタリではないだろう。彼女は本当に不死で、また同じようなことをするのかもしれない。

今回は間に合って止められたが、次もそうだとは限らない。彼女は危険だ。

しかし、死なないのが事実となると厄介だ。国に引き渡すにしても、上手く連れ出さなければならないし、引き渡したあともちゃんと管理しないといけない。

「そうか。殺せなくても、無敵ってわけじゃない」

アイテムボックスの中にある巻物を思い出した。

人間相手に使うのはためらわれるが、そもそもが不死で危険な存在なら、封印方法として悪くない。

ボックスからスナッフウェポンの巻物を取り出すと、これまで余裕だった魔族の顔つきが変わった。

「あんた、それ……」

巻物を広げると、彼女の狼狽は激しくなる。

「ちょっと待って、嘘でしょ!? なんでそんなもの持ってるのよ」

彼女は深手にも構わず、ふらついた足取りで逃げ出そうとした。

ここで逃がす訳にはいかない。

彼女はまた人をさらって儀式に使うと宣言していたのだから。

「スナッフウェポン！」

「ひっ、あぁぁぁぁぁっ！」

彼女が魔法を使っていたことから、杖にすることにした。

「ああ……嘘、こんな……」

魔族の身体が赤く光り、鎖状に分解されていく。その赤い鎖がどんどん細くなり、今度は杖の形に編まれていく。

みるみるうちに杖へと姿が変わり、赤い光が消えていった。

残されたのは、艶やかな黒色をした立派な杖だ。魔力も満ちており、かなり強力なものであることが分かる。

「どうやら上手くいったみたいだな」

その杖を拾い上げた。

「やられたわね……死んでない以上、この状態から戻るのは無理みたいだし」

杖が魔族と同じ声で喋り始める。武器となったことで反抗することはできないが、意志はあるらしく言葉は自由に話すことができるようだ。

とても強力な装備ではあるが、これじゃ売ることはできないだろう。

敵対していた魔族だというのが微妙だが、俺の装備にしてしまおう。これだけ魔力補正のかかる

杖を手にしていれば、これまで半端な攻撃力しかなかった俺の魔法もかなり強化されるはずだ。

「あとは、囚われていたみんなをなんとか安全に送り届けるだけだな」

ダンジョンのボスである魔族を倒したことで瘴気は薄れ、来たときよりモンスターも弱くなっているはずだ。

そうはいっても、冒険者ですらない人々を護衛していかないといけないので結構厳しい。

「あたしが彼女たちを連れてくるときに使った裏道があるわ。全員で通るにはちょっと狭いけど、モンスターはほとんど出ないしかなり安全なはずよ」

俺の持ち物となったことで、性格も変わったようだ。

元魔族の杖は、素直に抜け道の存在を教えてくれた。

魔族から作った魔杖を手に入れた俺は囚われていた女性たちを連れて、裏道からダンジョンを出るのだった。

九話　ナタリアの父と取引

魔族本人から聞いた裏道を使い、無事に町まで帰ってくることができた。

助けたなかには聞いていた通り貴族の娘もおり、使用人が町の入り口まで迎えに来ていた。

連絡手段があるわけじゃなく、いつ帰るとも言えない状況なので、交代でずっと待っていたのだろう。

「お嬢様！」

その使用人はすぐさま駆け寄り彼女に跪くと、今度は俺たちのほうへ来た。

「本当にありがとうございます。お礼はまた後日正式にさせていただきます」

深々とお辞儀をして、お嬢様を連れていく。ギルドに報告する前だったが、その貴族が今回の依頼主のようだし、あとでギルドにもちゃんと連絡が行くだろう。

ギルドに行きクエスト終了の報告と、連れ去られていた彼女たちの確認をお願いした。

人数も多いし、隣町から連れてこられた人もいる。まだ家族と再会できていない不安はあるだろう。それでも、牢から開放されて無事町まで戻ってこられたことで、彼女たちの顔にはひとまずの安堵が浮かんでいた。

その顔を見ていると、今回の依頼を受けてよかったと思うのだった。

† † †

二日目ログインボーナス！

●黒晶石（大）

ナタリアを含む女性たちをギルドにお願いしてから数日後。

彼女たちもみんな無事に家に帰り、ギルドから本来の報酬を受け取った上、お嬢様が無事だったことに喜んだ貴族から追加報酬までもらってしまった俺は、この大きなクエストを終えてまたのんびりと過ごしていた。

そこに、人が尋ねてきた。

現れたのはナタリアの父親であるアブレイユさんとその使用人だった。

彼らを招き入れ、お茶を出す。

ナタリアがクレリックだったので予想もしていなかったが、アブレイユさんは隣町に住む大商人だそうだ。

「このたびは娘を助けていただき、ありがとうございました」

アブレイユさんはそう言って頭を下げた。

「そこで、気持ちばかりですがお礼を用意させていただきました」

そう言って、彼は白金板を取り出す。それも何枚もだ。

「いえ、報酬はギルドからもらっているので大丈夫ですよ」

「ほんの気持ちですから……」

そう言って白金板が差し出される。彼も引く気はないみたいだ。

くれるというなら貰ってもいいのだろうが、既にギルドから報酬を受け取り、貴族からも謝礼を得ているので、これ以上は心苦しいものがある。

そこで思いついたことがあった。俺はずっと、大商人との縁を探していたのだ。

思わぬ形になったが、これを生かせないだろうか？

「少々お待ちいただけますか」

目の前で収納ボックスを使う訳にはいかない。一度席を外して黒晶石を取り出すと、アブレイユさんの元へと戻る。

「白金板をご用意いただいたようですし、もしよければこちらのアイテムを買い取っていただけませんか？」

「買い取り、ですか？」

お礼として渡すはずだったお金で買い取りをしてほしいと言われ、彼は首を傾げた。

普通ならこちらに損しかないからだ。

こちらとしては彼が素直に黒晶石を受け取ったとしても、どっちにせよ持っているだけで換金できないアイテムなので実質的に損はない。それにあわよくば、今後につなげたいという思いがあった。

「ええ。様々なアイテムを手に入れる機会があるのですが、冒険に使えるもの以外はギルドを通しての販売もなかなか難しく、持て余してしまうものが多いんですよ」

宝石を何点か並べて続ける。

「こういったアイテムも価値ある物らしいのですが、仕事柄、宝石商とはなかなか取り引きできなもので……高価な品物だけに誰ともしれない冒険者から買うのはためらわれるのでしょうか……」

「なるほど」

アブレイユさんは頷いた。

彼自身も心あたりがあるのだろう。

「その信用のため、中間手数料を多く取る業者と接触を持つのが普通のようですが、それさえもかなり高位の冒険者にならないと難しいのです」

冒険者は、身元不明の異世界人である俺があっさりなれてしまったように、様々な事情を抱えていても受け入れられる世界だ。

その分、必ずしも信用できる人間ばかりじゃない。取引は普通の仕事よりも警戒されるのだ。

「ほうほう」

彼は話が飲み込めたとばかりに頷いた。

「そこでこれから先も、こちらが持ち込むアイテムを鑑定して値段をつけていただきたいのです」

「商品は宝石だけですか？」

商売の話になった途端、彼の雰囲気が変わった。お礼のときの朗《ほが》らかな様子から、きりっとした表情になる。

「いえ、ジャンルは様々です。一般的な仕入れとは違うので、供給も安定しません」

「なるほど。それは確かに売りにくいでしょうね」

「ええ。それこそ様々な品を扱い、他に安定した供給源を持っている大商人の方くらいしか取引が成り立たないのです。しかしもちろん、そういう方のほとんどは見知らぬ冒険者から買うことなどありません」

「確かに、普通の条件ならそうでしょうな」

冒険者は結局素性のよくわからない荒くれ者、というイメージが強い。便利屋として重宝されることはあるが、宝石の取引をしたい相手ではないはずだ。

「中間業者を挟まない分、相場より安く買っていただいても結構です。こちらとしても、法外な手数料を取られずに済みますし」

その冒険者に信用を売る中間業者もいる。そこを通せば、商人と取引ができるというものだ。

だが、他の方法を持たない冒険者の足元を見て、大量の手数料を要求する。四割なんてザラで、七割八割もっていこうとする場所さえあるほどだ。

「こちらとしても、娘を助けていただいたから普通の冒険者より信用できる、と」

「もちろん、鑑定はしっかり行ってください。俺が偽物を掴まされている可能性もありますし……」

実際はログインボーナスなので、そんなことはない。だが、鑑定能力のない俺が「絶対本物だ」と断言するのは怪しすぎる。

誠実に鑑定してもらえば本物だということはちゃんと分かるので、そのほうが助かるのだ。

「黒晶石も本物のようですし、あなたは信用できそうだ。……しかし、お礼を申し上げに来たのに、普通に取引をしてしまっていいものなのか……」

「本来お会いできないような身分のアブレイユさんと取引していただけるだけで助かりますよ。売り場のなかったアイテムを買い叩かれずにすむのですから」

こちらの言葉に、彼は大きく頷いた。

「そうおっしゃっていただけるなら、今後ともよろしくお願いいたします」

彼の大きな手が差し出される。その手を取って、がっちりと握手をした。

「ではさっそくですが、本日の持ち合わせ分で買い取らせていただくものと……お持ちのアイテムリストなどはありますか？」

「ええ。書き写すお時間だけいただければ、すぐにご用意させていただきます」

「助かります。継続的なお取引ということで、アイテムの入荷状況なども――」

「ええ。ただ、何分冒険者なので、安定して手に入るというわけではなく……」

「そうですね。あくまで参考という形にはなりますが――」

アブレイユさんと取引の話を続けていく。

この取引は互いにとてもプラスになってくれるはずだ。

俺の側は、売り先のなかった様々なログインボーナスをちゃんと売ることができる。最大の問題であった信用が解決されたことで、断続的に大きなお金が入ってくることになる。

アブレイユさん側としても、俺を信用さえできれば、高価なアイテムを相場よりは安く仕入れることができる。中間業者を抜く分、彼としても何割か安く仕入れられるだろう。俺との取引は、ちょっとした小遣い稼ぎになるはずだ。

「本日はありがとうございました」

「こちらこそ、お礼に伺ったのにいい取引をさせていただきました。今後ともよろしくお願いいたします」

「よろしくお願いいたします」

話がまとまったあと、アブレイユさんは丁寧にお辞儀をして帰っていった。

彼を見送って、俺はソファーにゆったりと座る。

思わぬ形で大商人と知り合いになり、使いどころのなかった高額アイテムを売ることができるようになった。

今回の報酬もかなりの額になったし、もうログインボーナスを卸すだけで隠居生活が送れるかもしれない。

あとは楽々ゆったりと過ごそう。

ソファーに身体を預けながら、そう考えていた。

十話　ログインボーナスで楽々生活！

アブレイユさんとの取引が成立したあと、ナタリアがよく家を訪れるようになっていた。

彼女は今日も家を訪れ、今は夕食の支度をしてくれていた。お客様というよりも、もう親戚みたいなものだ。

「ふん、ふーん、ふふーん♪」

鼻歌を歌いながら、彼女がキッチンで料理をしている。そののんびりとした様子を裏切るようにてきぱきと動いていた。家事に慣れているのがよく分かる。

俺は、リビングのソファーからその様子をぼんやりと眺めていた。

料理のできる人は貴重だ。なにせこの家には全体的にイマイチな腕前の俺と、包丁さばきだけプロ級のバーサーカーと魔剣の三人しかいないのだ。火の通り具合や味付けはあまり期待できず、外食ばかりになりがちだった。

ナタリアが来てくれる日だけ、この家の食事状況は改善されるのだ。

俺もナタリアに教わって、料理を覚えればいいのかもしれない。時間はたくさんあるのだ。

アブレイユさんとの取引のお陰で高価なログインボーナスを売ることができて、俺はのんびりとした生活を送っていた。

ずっと家にいるのも身体に良くないので適度にクエストをこなしているが、必要なお金やノルマにとらわれず、好きに働いている。そんな悠々自適の日々は最高だった。

「これもログインボーナスのおかげだな」

最初こそ持て余していたログインボーナスだったが、環境が整った今、ただ暮らしているだけで高価なものが手に入る素晴らしいシステムになっていた。


完成した料理が並ぶ食卓を四人で囲む。

「いただきます」

異世界人の俺、魔剣のシャルラ、他の地域から来たスパーダにクレリックのナタリアと作法はそれぞれだが、挨拶をしてから食事を始める。

まずはメインであるワインソースのかかったステーキから食べることにする。

ナイフで切り分けて口に運ぶと、ワインの香りとともに肉汁が溢れ出して口中に広がっていく。

しっかりとした歯ごたえの肉は噛むたびに味が染み出して、徐々に肉本来のこってりとした味わいが目立つようになってくる。

そんな食べごたえのある肉とは対象的に、ポトフはあっさりめの味付けで素材の味を活かしていた。

最初に塩味がきたあと、野菜の甘味が顔を出す。

「ナタリアには、このままここに住んでほしいですよね」

シャルラが肉を頬張りながらそう言った。

「そうだな。だが、口に食べ物を入れながら話すな」

同意しながらそう返すと、シャルラは食事のほうに集中したようだった。ベタだが気持ちはわかる。

「住む、ですか……」

ナタリアが会話を拾って呟くと、スパーダも大きく頷いた。

「確かに。隣町から来るのも大変だろうし、いっそ本当に住んでもいいかもしれないな」

「タカヒデさんたちと暮らす、ですか……それは楽しそうですね」

彼女は柔らかく微笑んだ。

その笑顔に思わず見とれてしまい、気恥ずかしさで顔をそらした。

「ナタリアさえ良ければいつでも来てくださいねっ。貴英さんも、そのほうが嬉しいですよね？」

「ああ。そうだな」

「嬉しい、ですか」

シャルラの問いに頷くと、ナタリアが照れたような笑みを浮かべる。

料理のこともあって、ふたりはナタリアにとても好意的だ。

それにおだやかな性格なので一緒にいて安らげる。

シャルラとスパーダは結構エネルギッシュなタイプだしな。

そのおかげでぐだぐだと悩まずにすんで助かっているのだが、たまにはナタリアのような落ち着いた人と静かな時間を過ごすのもいいものだ。

食事を終えたあと、皿洗いをしている間にナタリアたちにはお風呂に入ってもらっていた。せっかくなので三人で入っているみたいだ。

少し羨ましく思う反面、そこに混ざると大変なことになりそうな予感がある。ひとりで皿洗いをしているほうが、きっと疲れずにすむ。

ウォーターをはじめとした初級魔法が使えると、この世界の家事は一気に楽になるのだ。お風呂だって本当は水を大量に汲み上げて沸かしてと面倒なのだが、魔法があればすぐにお湯を張ることができる。寒いときの皿洗いでもお湯が使えるし、食器洗い機のように一気にすすぐこともできる。

魔法本来の使い方とは違うのだろうが、とても便利だ。魔法戦士を選んだのは正解だったと思う。

皿洗いを手早く終えてソファーでのんびりしていると、ナタリアが戻ってきた。

「隣、いいですか？」

「ああ」

彼女はお風呂上がりで湯気を立ち上らせながら隣に腰掛けた。肌は淡く桜色に染まって、乾ききっていない首筋が妙に色っぽい。

石鹸の匂いがふわりと漂ってきて、いつもより高いだろう彼女の体温を感じる。

「タカヒデさん、本当にありがとうございました」

俺の肩に軽く頭を預けながら、そう言った。

「タカヒデさんに助けていただけなかったら、きっと今頃……」

彼女は小さく身を震わせた。

「あのとき、わたくしは祈っていたのです。そしたらタカヒデさんが光とともに現れて……びっくりしました」

疲れているのだろう。彼女の声は眠そうでだんだんのんびりになってきていた。

「まるで……本当に、ん……」

声が小さくなって途切れると、肩にかかる体重が増した。

「すー……ん、すー……」

小さな寝息が聞こえてくる。角度的にナタリアの顔は見えないが、どうやら眠ってしまったらしい。

彼女を起こさないよう、そのままじっとしていた。

「ナタリアは寝てるのか？」

あとから上がってきたらしいスパーダが小さく声をかけてくる。

「ああ、そうみたいだ」

小声で返すと、彼女は毛布を持って戻ってきた。そっとナタリアにかけると、小声で囁く。

「それじゃあ、私とシャルラは向こうで静かにしているな」

そう言い残して去っていった。

「すー……タカヒデさん……わたくしは……んぅ……」

むにゃむにゃと寝言を漏らす彼女の体温を感じながら、静かな時間を過ごすのだった。

十一話　ナタリアの誘惑

「タカヒデさん、まだ起きていらっしゃいますか？」

控えめなノックの音に続いて、ナタリアの声がした。

「ああ、起きてるよ」

応えながらドアを開けると、薄暗い廊下に立ったナタリアが上目遣いにこちらを見つめていた。

「その、少しお話ししてもいいでしょうか？」

「ああ。どうしたんだ？」

そう問いかけながら彼女を招き入れる。

扉のところでは俺自身が影になってわからなかったが、部屋の中まで入って月明かりが差すと、ナタリアがかなり薄着なのに気がついた。

ワンピースに見えていたそれはシースルーのベビードールで、胸元も大きく開いている。

彼女の爆乳が扇情的に強調され、谷間に目が吸い寄せられてしまう。

それだけじゃない。透けているため細いくびれは肌の色が見えているし、彼女の秘部を覆う下着も見えてしまっている。

いつも穏やかなナタリアのそんな姿は、ギャップによって背徳的な妖艶さを醸し出していた。

「それで、どうしたんだ？」

なんとか冷静を装いながら尋ねてみたが、扇情的な彼女の姿から上手く目をそらせない。

「タカヒデさんっ」

意を決したように叫ぶと、彼女はこちらに飛び込んでくる。

抱きとめると、豊かなおっぱいが押し付けられて柔らかくひしゃげた。

「うっ……」

その柔らかさだけで理性が飛びそうになってしまう。

だというのに、ナタリアはこちらの背中に手を回してぎゅっと力を込めてくる。そのまま顔を胸に埋め、身体を擦りつけてきた。

「タカヒデさんの心音、ちょっと速いですね」

「そ、そうかな……」

そりゃあ、ナタリアにこんな風に抱きつかれたら冷静ではいられなくなってしまう。

鼓動が速くなるだけではなく、血流が股間に集まり始める。ぐんぐんと硬さを増してきたそこが、ナタリアのおなかあたりに押し付けられていた。

「タカヒデさん、これ」

彼女は顔を上げて、上目遣いでこちらを見つめる。

その顔は桜に染まり、恥じらいと興奮をにじませていた。

「タカヒデさんのここ、直接見てもいいですか？」

彼女の手がスルスル下りていき、ズボン越しの肉槍をなぞった。

「あっ、ああ……」

俺が頷いたのを確認すると、彼女は膝立ちになってズボンと下着を下ろしていく。

もう準備のできていた剛直がナタリアの目の前に飛び出した。

「わっ、これがタカヒデさんのものなんですね……」

うっとりと呟きながら、彼女の手が肉槍にそっと添えられた。

「すごく熱いんですね。それに、こんなに大きくて……」

「ナタリア、今日はやけに積極的じゃないか？」

助けた直後はもちろん、通うようになってからずっとナタリアの好意は感じていた。

だが、元々の性格もあってか彼女のアプローチはもっと控えめだったはずだ。

「はい。でも……」

肉槍への穏やかな愛撫を続けながら、彼女はこちらを見上げた。羞恥と好奇心、興奮の入り混じった表情で見つめてくる。

「タカヒデさんはもっと直接的じゃないと反応してくれないと、おふたりにお風呂で言われたので……」

恥ずかしがりながらも肉槍を弄ぶ姿が倒錯的な興奮を呼び起こして、先走りが溢れ始める。

「あっ……これ、気持ちよくなると出るやつですよね？　しゅっ、しゅっ」

ナタリアの手が肉槍をしごいていく。不慣れな手つきなのだが一生懸命なのが伝わってきて、気持ちよさがこみ上げてくる。

「だから、わたくしのいろんなところを使って、タカヒデさんに好意を伝えようと思うのです。わたくしがどのくらいお慕いしているかを、ここでいっぱい感じていただくのです」

「ナタリア……」

「はい、ひゃうっ」

俺はかがみ込むと、そのまま彼女をお姫様だっこした。

「あ、あのっ……この格好、とても恥ずかしいのですが……」

ナタリアの顔がすぐ近くで真っ赤になっているのが分かった。もう我慢できず、彼女をベッドに横たえさせる。

「タカヒデさん、あんっ」

そして仰向けの彼女に覆いかぶさり、肩紐をずらした。たわわな果実がぷるんと弾みながらこぼれだす。柔らかそうに揺れるその中心では、もう蕾がぴんと立っていた。

「まだ触ってないのに、もうこんなになってる」

言いながらその乳首をきゅっとつまんだ。

「きゃうっ！　あ、あの……タカヒデさんのものを触っていたら、わたくし……」

恥ずかしそうに顔をそむける姿が、俺の獣欲を焚きつけた。

彼女を素早く脱がせて、その肢体を露出させると、存在感ある爆乳が揺れて視線を奪われる。

「あ、あまりじっと見ないでください……」

彼女が両手をクロスさせて胸を隠そうとしたので、その手をベッドに押し付ける。

「あっ……んっ……」

恥ずかしそうにそむけられた顔に、唇を寄せた。

「んっ……ちゅっ」

すると彼女のほうからキスをされる。少し甘い気がする唇を味わいながら、両手を胸へと寄せた。

「んぁっ！　タカヒデさん、そこ、あぁっ！」

柔らかな胸の感触を楽しむ。豊かなおっぱいは弾力がありながら、指を優しく受け入れてくれる。

こねるように揉んでいくと自由に形を変えていった。

「あっ、んうっ！　タカヒデさんの大きな手にいじられて、わたくし、おっぱいだけで、あぁっ！」

ナタリアは嬌声を上げながら身体を揺すった。手の中で胸肉が弾み、それがさらに刺激になる。

「はぁっ……あっ、あぁ……」

荒い吐息を漏らしながら、その目は期待に潤んでいた。

視線を下ろすと、たった一枚残された彼女の下着はもう愛液でぐっしょりと湿り、その奥にある割れ目の形を赤裸々に見せていた。

下着に指をかけてそのまま下ろしていくと、水音とともにクロッチの部分がいやらしい糸を引く。

「あぁ……タカヒデさんが、わたくしの大切なところを……んっ」

ナタリアの秘部はどこか幼さを感じさせるほど綺麗だった。自ら触れることもあまりなかったのかもしれない。

その初心な割れ目を撫で上げる。下のほうから上へ向けて指をすべらせ、最後は敏感な陰芽に触れる。

「きゃうっ！　あっ、ふぅんっ！　すごいの、ビリッてきてますっ、あはぁっ！」

身体を大きく揺らして反応していた。触れられ慣れていないだろうその肉芽は敏感に刺激を伝えたようだ。

急にならないように気をつけながら、指でそっと割れ目を開く。

膣内からはとろりと蜜が溢れ、添えられた指を濡らしていった。

指を少しだけ滑り込ませ、中をほぐしていく。

同時に敏感な陰芽を刺激し続けた。

「あっあっ！　タカヒデさんっ！　わたくし、なにか、あぁっ！　これ、気持ちよすぎて、あっ、ああっ！　ダメ、あぁぁぁぁあああぁぁぁっ！」

ビクビクンッ！

身体を痙攣させながら、ナタリアが最初の絶頂を迎えた。

「はっ……あぁ……んっ……」

艶めかしい吐息と乱れた姿が、俺の理性をじんわりと溶かしてくる。

「タカヒデさん……」

発情した表情でこちらを見つめるナタリア。その足を押し開き、わずかに口を開けた割れ目に肉槍を宛がう。

「んっ……きてください。わたくしの中で、タカヒデさんもいっぱい気持ちよくなってください」

彼女の言葉に誘われるまま、腰をゆっくりと沈めていく。

一度絶頂を迎えたそこは充分なぬめりを持っていて、狭いながらも順調に肉槍を呑み込んでいった。

初めての異物に内襞が反応し、素早く絡みついてくる。

「あうっ！　すごいです……タカヒデさんが入ってきてるの、はっきりとわかりますっ」

ぐっと力を込めて、膜の奥へと肉槍を押し込んでいく。

「んはぁぁっ！　あっ、はっ、ふっ……！」

「ぐっ……」

蠢動する膣内が肉槍を強く締めつける。その快感に暴発しかけるのをぐっとこらえ、いちばん先を目指した。

「あぐっ！　タカヒデさん、奥まで来てますっ……おぅっ！」

ぷりっとした奥側に触れると、ナタリアが身体をのけ反らせる。

そこで一度止まって、膣襞の締めつけを味わっていた。

「タカヒデさん……、動いてください」

肉槍を受け入れたナタリアがこちらを見つめながら言った。

艶めかしいその表情に耐えきれなくなり、言われるままに腰を動かしていく。

ズブッ、ジュッ……ニチャッ！

初めての蜜壺の中を、ゆっくりとかき回していく。

「あっ、しゅごっ……！　タカヒデさんが、わたくしの奥までズンズン突いてますっ……！」

こちらももう我慢できず、欲望のままに腰を振り続けた。

睾丸が吊り上がり、精液が駆け上ってくるのを感じる。

「あっあっ、わたくし、もうっ……いっぱい突かれて、んぁっ！　イク、イッちゃうっ！　ひぃあぁぁぁあっ！」

彼女の絶頂に合わせるように、俺も射精した。

「あっ、タカヒデさん、タカヒデさんの子種が、いっぱい出てますっ……」

搾り取るように収縮する膣内に精液を出し切り、肉槍を引き抜いた。


「お、おやすみなさいっ」

身を綺麗にしたあと、彼女はぎゅっとシーツを引き寄せて体を隠すと、そのまま潜り込んでしまった。その隣に寝そべり、軽く彼女を抱きしめる。

「あうぅ……」

顔を真っ赤にして照れたナタリアは縮こまっていた。

「さっきは全部見せてたのに」

「れ、冷静になったら恥ずかしいんですっ……あぅ……」

先程までの妖艶な姿はどこへやら、いつものように控えめになってしまったナタリアはそのままシーツから出てきてくれなかった。

俺達はシーツの中で、裸で抱き合いながら眠りについた。

はぁ
はぁ
ズプぷ…

十二話　媚薬を試してみよう！

九日目ログインボーナス！
●媚薬（強）×10

「なんというか……」

目覚めてログインボーナスを目にした途端、思わず呟きが漏れた。

媚薬って……。

まあ、確かに？　最近は落ち着いた暮らしを送っているし、もう強力な冒険用のアイテムは必要ない。

その半面、シャルラ、スパーダ、ナタリアと三人の美女に囲まれていることで、身体を重ねる機会は増えてきた。ログインボーナスが媚薬というのはタイミングとしては間違っていない、と思う。

「だけど（強）って……大丈夫なのか、これ」

説明がないから、どの程度の強さなのかも分からない。弱と強しかないのか、超とか極とかさらに上があるものなのかすら判断できない。

「あとでシャルラに聞いてみるか」

なんでも知っているわけではないが、少なくとも俺よりはアイテムに詳しい。

ひとまず収納ボックスの中にしまいこんで、朝食に向かうことにした。

「そういえば、今日のログインボーナスが『媚薬（強）』だったんだけど、これってどのくらいのランクなんだ？」

ふと思い出して尋ねてみたのは、もう夕食も終わったあとのことだった。順番に風呂に入って、そのあとはリビングでだらけるなり部屋で寝るなり、一日が終わる頃だ。

俺はソファーに座っていて、隣にはナタリア。テーブルの椅子にいるシャルラに声をかけると、ちょうどお茶を持ったスパーダもリビングに来たところだった。

「媚薬……？　すみません、分かりませんね。ログインボーナスは必ずしもレアアイテムが出るわけじゃないので、もしかしたらハズレ枠なのかもしれません」

「なるほど」

流石にモンスターに媚薬を使って撃退できるとも思えないしな。人間相手にこっそり使えばもちろん犯罪だろうし、冒険者としては使い道のないアイテムなのかもしれない。

「多分危険はないでしょうし、使ってみませんか？」

シャルラが興味を持ったようにそう言った。

「いいですね。わたくしも気になります」

隣のナタリアまでそう言い出して、こちらに詰めよってくる。助けを求めるようにスパーダを見たが、彼女はちらちらとこちらを気にするだけで止めようとはしない。存外むっつりなのかもな。

「い、今失礼な誤解をしなかったか!?」

心を読んだかのような反応に、肩をすくめただけで答えた。

「まあ、みんなそう言うなら使ってみるか」

効かなきゃ効かないでいいし、効いたら楽しめばいいだけだ。

そんな軽いノリで、俺たちは媚薬を試すことにしたのだった。


「あっ……」

「ンウッ……ほら、もっと私のほうに来てくれ」

「はぅ……タカヒデさんの逞しいのがエッチな涙を流して喜んでますよ」

数十分後、興奮した三人に俺は押し倒されていた。

全裸に剥かれた俺はベッドに転がされて、同じく全裸の三人が肉槍に顔を寄せている。

「はぁ……んっ、貴英さんももう我慢できないんですよね」

三人の荒い息が肉竿の先端をくすぐる。興奮した美女三人に詰め寄られて猛らないはずがなかった。

頭がぼーっとしてくる。思考が麻痺すると、彼女たちの吐息や声がやけに大きく感じられた。

喉の奥辺りから広がってくる興奮が肉竿へと流れ込む。結局四人全員で媚薬を飲んだのだが、効果は見事に現れた。

身体が熱くなり、考えがまとまらなくなる。気がつくと俺たちは裸でベッドにいた。

「これだけ硬くなっていたら、すぐ挿れても平気ですよね？　わたくしも、んっ……先程から身体が熱くて……」

ナタリアがいち早く身を起こすと、肉竿を掴んで跨ってきた。

見上げると彼女の割れ目からはもう、しとどに愛液がこぼれ、薄く口を開けている。

メスの本性を現したその陰唇は貪るように肉槍を呑み込んでいった。

「あぐっ……」

「ひあぁっ！　い、挿れただけで、んうぅっ！」

挿入した途端、膣内が激しく蠢いて肉竿を咀嚼した。

熱くぬめった膣内の歓迎に、こちらも挿れた瞬間、出してしまいそうになる。

ぐっと射精をこらえて見上げると、発情したナタリアと目が合った。

瞳を潤ませた彼女は妖艶に微笑みながら、腰を動かし始める。

いつもとは違う表情のナタリアに、俺はされるがままになっていた。

「あっ！　あっ！　しゅごいです。わたくしの子宮をズンズン突き上げてっ……！」

「ナタリアはずるいです。貴英さん、わたしも気持ちよくしてください」

そう言いながらシャルラが顔に跨ってきた。

早くも愛液を零している秘部が、ぎゅっと顔に押し付けられる。

甘酸っぱい女の子の匂いが襲い掛かってきて、それだけでも興奮してしまう。

「あんっ！　シャルラさんに乗っかられて興奮してるんですね……わたくしのなかで、おちんちんが大きくなりました」

「貴英さん、わたしのここ、舐めてくださいっ……」

「ああ。じゅぶっ、レロ……」

シャルラの膣口の周辺に舌を這わせて、ぷくっと膨らんだ陰芽に舌を押し付ける。

「んあ〜っ！　あっあっ、身体が熱くて、すぐイッちゃうっ……」

興奮したシャルラがぐいぐいと股を押し付けてくる。口を塞いでくる彼女にはお仕置きが必要だ。

舌を伸ばして、膣内に忍び込ませる。

「ひゃうっ！　あ、ダメっ……」

その隙に、スパーダの割れ目に指を忍び込ませた。

「ヒウゥッ！　アッ……タカヒデ、急にそんなっ……」

腰と顔をとられてどこへ跨るか迷って四つん這いでウロウロしていたスパーダは、いきなり入ってきた指に甘い声を上げた。彼女の内側を指でこね回しながら、舌ではシャルラを責め続ける。

腰のほうはナタリアが動いているので少し油断していた。

「タカヒデさん、こっちがお留守になってますよっ」

するとそれに気づいたのか、彼女が激しく腰を振った。

俺の顔はシャルラの股で覆われているため、肉槍への刺激は完全な不意打ちだった。

「んぶっ、ぐっ！」

ドピュッ、ビュクンッ！

予期しない快感に耐えきれず、そのまま精液をぶち撒けてしまう。

「ヒグッ！　アッ、それは、だめイク、イクッッッ！」

快感に全身を跳ねさせたため、スパーダの膣内をかき回していた指にもぐっと力が入る。それがちょうどいいところを引っ掻いたようで、スパーダも大きく身体を震わせた。

「はふんっ！　タカヒデさんの、熱いのが、あっ、ふぅっ！　しゅごっ、あっ、んううっ！」

射精中の肉槍を容赦なく搾り取っていたナタリアが、嬌声を上げながら絶頂する。

それでも彼女の腰は止まらず、肉竿を貪り続けていた。残ったシャルラに集中し、舌で蜜壺をかき回す。ヒクついた内襞に舌を這わせ、出し入れしながら、たまに陰核を舌先で突く。

「あっあっ、待って、わたしも、あぁぁぁぁあぁ〜〜！」

暴れまわる舌を受けて、シャルラがガクガクと腰を揺らした。

粘り気のある体液が溢れ出して俺の顔を汚していく。女の子の匂いが肺いっぱいに入り込んでくる。

「はぁ……はぁ、んっ……」

その吐息は誰のものだったのか。

一度体勢を崩し、全員離れる。高まりすぎた興奮は体力を奪い、いつもならこのまま眠ってしまってもいいくらいの満足度だ。だけど、媚薬の効果がある今はそれじゃ満足できないらしい。

俺の剛直はまだはっきりとそそり勃っており、衰えを見せない。

少し休んでいるこのときにさえ、玉の中では次々と精子が生み出されているかのようだ。

そして興奮冷めやらないのは俺だけではない。

「貴英さん……」

シャルラを始め三人とも起き上がり、俺の肉槍に熱い視線を送っている。

その目に獣欲を掻き立てられ、激しく三人を責め立てたいと思った。

「三人とも、四つん這いになってくれ」

待ちわびていたのか、言い終えるかどうかという時点で三人は素早く四つん這いになり、こちらにお尻を向けていた。

トロトロになった三つの蜜壺が突き出され、もう我慢できずに肉槍で貫いた。

「あはぁっ！　あっ、ああ～！」

シャルラの膣内を乱暴にかき回し、肉槍を引き抜く。

「ンウッ！　あ、アァッ！　タカヒデ、んぐぅっ！」

次にスパーダを貫いて荒々しい抽送を行う。

「ひうっ、あ、はひっ！　わたくし、おかしく、あぁっ！」

最後にナタリアの内襞を削るかのように擦り上げた。

「あぁっ！　ん、ふぅっ！」

「タカヒデ、次は私に、アウッ！　アッ、奥っ……んうっ！」

「はぁ……ふぅ……んあぁっ！　あっあっ！　いきなりはダメぇっ！」

三人の膣に代わる代わる挿入しては抜いてを繰り返していく。

贅沢なフルコースを手掴みで味わうような、もったいなく乱暴な快感をしゃぶり尽くしていく。

「あっ、はっ、貴英さん、わたし、もうっ……」

「はひっ、あっ、わたくしもイきそうですっ」

俺のほうも、もういつ出してしまってもおかしくない。

最後に若干余裕がありそうなスパーダを貫き、ふたりの蜜壺を指でかき回す。

「イグッ！　あ、アッ……！　奥までゴリゴリってぇっ……！」

「このまま全員でイクぞ……！」

左右の手を激しく動かしながら、腰を荒々しく突き出していく。

欲望に身を任せ、爆発の瞬間が訪れた。

「「「イックゥゥゥ!!」」」

三人の嬌声と絶頂が重なった瞬間、俺も滾った欲望を吐き出した。

「アッ……は、グゥッ……！」

中出しを受けたスパーダの身体が崩れ、繋がったそこだけを高く突き上げる形になる。

肉槍を引き抜くと、無防備でエロいその身体に残った精液がかかっていく。

「はぁ……はぁ……」

息を整えている俺の股間に、シャルラが寄り添ってきた。

「貴英さん、まだいけますよね……？」

……このログインボーナス……やっぱり誰かがわざとやってない？　そんな疑問とともに、俺たちはそのまま朝まで交わっていたのだった。

アフターエピソード　魔剣の少女とエピローグ

「あんっ！　貴英さん、触り方がいきなりエッチですっ」

シーツの中で裸のシャルラが身体をくねらせた。二の腕から腹部、太ももへと手をすべらせて、彼女の肌を楽しむ。

まだ日が高いこともあって、脱がせた途端に彼女はシーツに潜り込んでしまったのだ。

追いかけて潜り込むと、手探りでシャルラの身体を撫で回した。

「んっ……貴英さんのここ、もう大きくなってますね」

彼女の両手が肉槍を掴んで軽く扱き上げた。細い指が絡みついて、甘い刺激を与えてくる。

「あぅ……熱いですね。それにビクンって動きました。暴れないように、こうやって挟んで押さえつけちゃいますっ」

猛った肉槍が彼女の太ももに挟み込まれる。柔らかな肌が竿に吸いついて擦り合わされた。

甘い刺激に耐えながら、たわわなおっぱいに手を伸ばす。

ふにゅん、と心地いい感触とともに、乳肉がいやらしく形を変える。

「あうっ……」

互いにシーツの中で身体を横向きにしているので、彼女の顔がよく見える。

外からは見つめ合っているだけにしか見えないのに、シーツの中では互いに愛撫している。誰が見ているわけでもないし隠れる必要もないはずなのだが、こうしてシーツをかぶっていると背徳感が湧き上がってきて興奮した。

段々と立ちあがって目立つようになってきた乳首をくりくりと指で弄ぶ。

「あっ、やっ……！　そんなに激しくいじっちゃダメですっ、んうっ！」

感じた彼女が身体をくねらせると、腿に挟まれた肉槍が刺激される。

意識したわけではないだろうその動きは、かえって予測できない快感を送り込んできた。

再び乳房を揉み込むと柔らかな乳肉が指からはみ出してくる。シーツの中を覗き込むと、いやらしくひしゃげたその形に興奮が高められた。

「あんっ、わたしもお返しです、えいっ」

「おうっ」

シャルラの手は太ももからはみ出した肉槍を握り、擦っていく。裏側を指でなぞり上げられると、気持ちよさに肉竿が跳ねる。

こちらもさらに激しく胸を責め立てると、挟まれた肉槍に液体がかかり始めた。

「はぁ、んうっ、あっ、ふぅっん！」

シャルラの秘部からこぼれだした愛液が、彼女の太もも、シーツ、そして俺の肉槍を濡らしていく。

素股の刺激もあって我慢できなくなった俺は、一度胸を離すと彼女の太ももから肉槍を引き抜いた。

そして身体を起こすと、シャルラにかかっているシーツを勢いよく剥ぎ取った。

「きゃぁっ！　な、何するんですかっ！　あんっ！」

太陽の光が差し込んでいる時間なので、いつもよりも明るいなかで彼女の裸を見ることができた。

それに気づいたシャルラは脚を閉じて秘部を隠し、両手をクロスさせて胸を隠した。

その仕草もまた扇情的に俺を誘う。

それに、自分の身体は隠そうとするくせに、シャルラの視線は猛りきった俺のものに釘付けだった。

「んっ……明るいところで見ると、なんだかさらに大きく見えます」

興味津々なシャルラの視線はくすぐったい。

明るいところでしげしげと裸を見られる恥ずかしさを感じつつ、それ以上の興奮に突き動かされて、彼女に覆いかぶさった。

脇腹に手をすべらせると、くすぐったいのか気持ちいいのか、彼女の身体が小さく跳ねる。

そのままおなかへと指でなぞっていき、おへその横を通り過ぎる。

秘部は腿で隠されているので、そのすべすべな腿を掴んで、脚を開かせた。

「あっ……ダメですっ！　そんなに、んうっ」

もうすっかりと濡れた彼女のそこは、愛液でキラキラと輝いていた。

脚を大きく開かれたせいで割れ目も押し開かれ、ピンク色の内側が見えていた。

「わたしの中まで、貴英さんにじっくり見られちゃってますっ……！」

羞恥に頬を染める彼女に耐えきれなくなった俺は、ガチガチに硬いそれを蜜壺の入り口に押し当てた。

「あうっ！　熱い先っぽが、入り口に当たってるのが……あっ入ってきてますっ！」

腰を突き出すと彼女が敏感に反応した。

肉槍を迎え入れた膣内は艶《なま》めかしく蠢いている。

「んっ、硬いの、ズブズブ奥に入ってきてっ……」

感じている顔も、普段よりはっきりと見ることができた。

整っているシャルラの顔がだらしなく緩み、口からはわずかによだれがこぼれていた。

「あっやっ、見ちゃダメですっ」

視線に気づいたシャルラが両手で顔を覆い隠す。

それを咎めるように腰の動きを激しくすると、突かれて揺れるシャルラの身体に合わせて豊かなおっぱいが弾む。

「あっあっ！　らめ、イクッ！　貴英さん、んっ！」

蜜壷からは次々と愛液が溢れ出して、はしたない水音を立てている。

内襞が肉槍をきつく締め上げて蠢動した。

「あうっ！　も、あぁっ！　ん、うあぁぁっ！」

軽くイったのかシャルラが嬌声を上げながら身体を跳ねさせる。

膣内が収縮して肉竿に絡みついた。

快感で力の緩んだ隙に、彼女の両手を押さえつけて顔を覗き込む。

「あっ……やぁっ……こんなはしたない顔、見ちゃダメですっ……」

力なくそう言いながら、シャルラは目をそらした。

いつもよりしおらしいそんな態度と艶めかしい感じ顔に焚きつけられて、これまで以上に激しく腰を振っていく。

「んあっ！　あっあっ！　はぁ、んっ！　またぁ、イク、イクイク、んはぁぁぁ～～！」

ビュク、ビュルルルルッ！

彼女の絶頂に合わせて、肉槍を奥まで突き挿れた。

そして子宮めがけて勢いよく射精する。

「あうぅぅぅぅっ！　貴英さんの熱いの、いっぱい出て、あぁっ！　わたしのなか、貴英さんで満たされてますっ！」

シャルラは声を上げてしがみついてくる。

深い挿入状態のままで、きつく抱きしめ合った。

中出しを受けた膣内は、それでも落ち着くことなく肉槍を貪り続ける。

射精直後の敏感なところを刺激されて、出したばかりだというのにまたムズムズと性欲がこみ上げてきた。

このままだと連続で、早々に達してしまいそうだ。

俺は誘惑を振り切って、一度肉槍を引き抜く。

「んはぁっ！」

引き抜くときにカリの部分が内襞に引っかかり、擦り上げる。

その刺激にシャルラが艶《つや》めかしい声を上げた。

ぞく
あっ
ズチュ
ぞく♥
ぞくぅ
やっ♥
ズチュ
ズチュ

混じり合ったふたりの白い液体が、彼女の膣からゴポッとはしたない音とともにこぼれ落ちる。

肉竿に広げられぽっかりと開いた割れ目から、快感の証が垂れ続けていた。

「あっ、いやっ……見ないで下さいっ」

いつもなら夜ということもあり、薄暗い中での行為になる。終わったあともそこまではっきりと見ることはできない。

けれど今はまだ昼間で明るく、生々しい行為のあとをしっかりと見ることができていた。

その羞恥から感じすぎたのか、シャルラはいつもより激しく息を吐いていた。

「は、ぅ……はぁ、はぁ……あんなに激しくしたのに、貴英さんのここはまだ元気なんですね」

シャルラは寝そべったまま身体をずらして、足のほうへと降りてくる。ベッドに手をついた姿勢のままその動きを見下ろしていると、体液まみれの肉竿が彼女の手に掴まれた。

「では、お口でお掃除しますね。ぱくっ」

彼女の口内に含まれて、肉槍がその気持ちよさに喜んだ。

思わず腕から力が抜けそうになり、ぐっと堪える。

「まだ敏感なせいで、舐め取るたびにピクって動くんですね。なんだか可愛いです。レロっ……ちゅっ」

「うあ……」

シャルラの少しざらついた舌が、肉槍についた体液を舐め取っていく。

唇がしっかりと竿を押さえて、舌先が自由に動き回る。

「んっ……先っぽからお汁が溢れてきてますよ。ちゅぅぅぅっ」

「あぁっ……！　シャルラ、ダメだ……」

「んぶっ！」

あまりの快感に力が抜けて、腕を折ってしまう。腰が下がって、彼女の口に肉槍を深くねじ込む形になってしまった。

「気持ちよすぎて我慢できなかったんですか？　もっと吸ってあげますね。じゅるっ、ちゅぅぅぅっ！」

肉竿を芯ごと吸われるような快感に、俺の身体から力が抜けていく。

気持ちよさで力が入らず、自分の体重を使って彼女の口を責めることになった。

「んぐっ！　お……こほっ！　貴英さんのが強引にお口を犯してますっ」

「あぐっ……シャルラ、俺、もうっ……！」

ねじ込まれる肉槍に咳き込みながらも、彼女の舌は先端を這い回った。

その愛撫に耐えきれず、精液が再び駆け上ってくる。

「シャルラ、出るっ！」

宣言とともに、俺はその口内に精を吐き出した。

「うぶっ！　ん、ごぼっ……んぐっ！」

喉奥近くに出された粘つく精液に、シャルラが息をつまらせる。

それでも肉槍を放すことなく、シャルラは精液を飲み込んでくれた。

「ごくっ……ん、こくんっ！」

残った精液まですべて吸われると、流石に肉竿も落ち着いてくる。

シャルラが口を離すと、柔らかくなり始めた竿が唾液まみれになって出てきた。

「ちゃんと綺麗になりましたね。ピカピカです」

「ああ……」

脱力しながらそう答え、身体を横に倒す。

シャルラも股間を離れ、枕のほうへと戻ってきていた。

† † †

この世界に来てから、どのくらいの日々が過ぎたのだろう。

落ち着いたベッドの中で、そんなことを考える。

すぐ側に感じる体温と吐息は、先程までの昂りをゆっくりと鎮めていった。

いろんなことがあったから、もうずっとこちらの世界にいるような気がしているが、反対にシャルラとの出会いはまだ昨日のことのように鮮明に思い出せる。

今では生活も安定していた。ログインボーナスを売って生活費を稼ぎ、たまにクエストを受けて冒険に出る。

現代にいた頃とはまるで違う生活。

好きな時間に起きてのんびりと過ごし、あまり働きたくなければ簡単なクエストを受ける。

この世界で、俺はとても自由だった。

これも最初のログインボーナスでシャルラと出会えたおかげだ。

隣で横になっている彼女を見つめる。

すぐ隣の彼女は、視線に気づいてこちらを向いた。

現代で疲れていた俺がこの異世界でやってこられたのは、彼女の魔剣の力と、日々を振り回してくれる性格があったからだ。

「どうしたんですか？」

じっと見つめていたことで問いかけられる。

「この世界に来て、シャルラと出会ってよかったなって思って」

素直な気持ちを口にすると、彼女は照れくさそうに笑った。

「急になんなんですか、もう。……わたしも、貴英さんと出会えて……よかったです」

そう言うと、赤くした顔を隠すようにそのままこちらの胸に抱きついてきた。

抱きしめ返すと、彼女の柔らかな胸と華奢な肩、すべすべとした肌を感じる。

ずっとこうしていたいくらいだ。抱きしめる腕に、少し力を込める。

まだ火照りの残る肢体を抱きしめていると、彼女が顔を上げて上目遣いに見つめてきた。

その目は真っ直ぐに俺を見つめ、そして微笑んだ。

彼女の笑みと身体を感じているとまぶたが重くなってくる。

温かな幸福感に包まれて、俺はゆっくりと眠りに落ちていった。

あとがき

みなさま、ごきげんよう。愛内なのです。

ゲームのログインボーナスみたいに、生きているだけでお金やアイテムが貰えたらいいのに……と、思うのは私だけではないはずです。

今回は、さらにそれが無双できるような装備、しかも可愛い女の子だったら素敵！　というお話です。

可愛いはずなのにどこか残念な女の子たちとの軽いやり取りや、エッチな姿を楽しめるように描いてみました。

せっかくの異世界は、やっぱり楽しくエッチに過ごしたいですよね！

初日ログインボーナスで貰った、チート級の魔剣であり女の子でもあるシャルラは、元気で活躍したがりだけど、体が敏感で振るうたびに喘いじゃう残念魔剣。

一流のソードマスターで腕は確かだけど、剣に目がない重度のマニアで、鎧の分まで剣を買っちゃうスパーダ。

そんななかで、唯一の良心、正統派ヒロインのナタリア。

彼女たちとの、普段のなの作品よりはちょっと冒険感増しなイチャラブハーレム生活を、どうぞお楽しみ下さい。

今回は創刊作品以来のキングノベルスということで、いつもとは違ったノリで書いてみたのですがいかがだったでしょうか。

話数を細かくしてテンポを上げてみたり、エッチシーン以外を長くしてみたり、色々と試しています。

とはいえ、イチャラブ、甘々な部分はしっかり書いていますので、いっぱい楽しんでもらえると嬉しいです！

挿絵の「成瀬守」さん。素敵なイラストをありがとうございます！

今回、組ませていただけるのが文庫作以来で久々なので、楽しみにしておりました！

シャルラの格好がとってもエッチで、目が離せませんでした。そのシャルラの巻頭カラーイラストがとても素敵で、思わず見とれてしまいます！

またぜひ機会がありましたら、よろしくお願いいたします！

それでは、次回も、もっとエッチにがんばりますので、別作品でまたお会いしましょう。

バイバイ！

ぷちぱら文庫Creativeでも毎月書かせていただいているので、そちらもよろしくお願いいたします！

二〇一八年三月　愛内なの

キングノベルス
ログインボーナスだけで生《い》きるご隠居《いんきょ》ライフ
～オンゲーでスローライフを送《おく》るコツを見《み》つけた！～

2018年 5月1日　初版第1刷 発行

■著　　者　　愛内なの
■イラスト　　成瀬守

発行人：久保田裕
発行元：株式会社パラダイム
〒166-0011
東京都杉並区梅里2-40-19
ワールドビル202
TEL 03-5306-6921

印 刷 所：中央精版印刷株式会社

KN051